Ali Smith

Gefährten

Ali Smith

Gefährten

Roman

Aus dem Englischen
von Silvia Morawetz

Luchterhand

für Nicola Barker
und für Sarah Wood
in Liebe

Das warme Tal der Ewiglebenden.
Sie promenieren an grünen Wassern.
Mit roter Tusche malen sie mir auf die Brust
Ein Herz und Zeichen eines gnädigen Empfangs.

Czesław Miłosz

Nun Brache, ruf mich her, daß ich küsse den Mund ihres Staubes.

Dylan Thomas

Passiv, wie ein Vogel, der alles sieht, alles
überfliegt, und der in seinem Herzen
in die Lüfte das Bewusstsein entführt,
das nicht verzeiht.

Pier Paolo Pasolini

Es erzürnt mich bis ins Innerste, dass die Erde so verwundet worden
ist, während wir uns alle haben blenden lassen von angeblich wert-
vollen geistigen Großtaten, von Schatzkammern pseudokulturellen
Reichtums. Mein eigenes Leben hat an Wert verloren durch die
öden Jahre, in denen ich mir Kenntnisse über die Arkana mediokrer
Erfindungen angeeignet habe, wie eine von denen, die alles wissen,
was es zu wissen gibt über den Helden irgendwelcher Comics
oder Fernsehserien, die längst nicht mehr existieren. Das Leid, das
anderen zugefügt wurde, während ich und meinesgleichen sich mit
so etwas abgaben, beschwert mein Gewissen wie ein Verbrechen.

Marilynne Robinson

Hammer und Hand, zum Besten angewandt.

Motto der Zunft der Londoner Schmiede

Du entscheidest

'Allo 'allo 'allo. Wo soll's denn hingehen? Das ist die Stimme von Zerberus, dem Höllenhund mit den drei Köpfen (ein 'allo pro Kopf). Im antiken Mythos bewacht er das Tor zur Unterwelt und passt auf, dass kein Toter herauskommen kann. Seine Zähne sind messerscharf, seine Köpfe gleichen denen von Schlangen und erheben sich über seinem Rücken wie Federbüsche, er spricht aufgesetzt freundlich mit einem, scheint's, guten alten britischen Bobby, was ein altmodisches Wort für einen Polizisten ist.

Dieser britische Polizist ist allerdings von heute, die neueste käufliche Version, und er hat den Styx überquert, steht am Eingang zur Unterwelt und zeigt den Zerberus-Köpfen Fun-Fotos von sich und anderen Uniformierten, auf denen sie herumalbern, das V-Zeichen über Bildern von Leichen echter Ermordeter machen und scherzhafte rassistische / sexistische Kommentare hinzufügen, Fotos, die er auf der lustigen Polizei-App herumgeschickt hat, die er und seine Kumpels zurzeit verwenden hier im Land der Union-Jack-Jüngelchen im Jahr des Herrn zweitausendeinundzwanzig, in dem diese Geschichte spielt, in der ich zu Beginn eines Abends in meinem Wohnzimmer auf dem

Sofa ins Nichts starre, und Fantasie und Wirklichkeit sich auf beklemmende Weise miteinander vermischen. Zerberus hebt nicht einmal eine Braue (dabei könnte er, wenn er wollte, sechs heben). Ist doch nichts Neues. Sollen sich die Leichen halt stapeln, je mehr, desto besser in einem Land in Trauer, das, permanent dazu angehalten, so tut, als wäre es kein Land in Trauer.

Tragödie versus Farce.

Hatten Hunde überhaupt Augenbrauen?

Ja, Sand. Plausibilität ist wichtig im Mythos.

Ich hätte, wenn ich es genau hätte wissen wollen, vom Sofa aufstehen, den Raum durchqueren und am Kopf des Hunds meines Vaters nachsehen können.

Aber mich kümmerte nicht mehr, ob Hunde Augenbrauen hatten.

Mich kümmerte nicht, welche Jahreszeit es war.

Oder welcher Wochentag.

Zu der Zeit war für mich alles Mist einer einzigen Mistigkeit. Ich verachtete mich sogar für dieses kleine Wortspiel, auch wenn das nicht meine Art war, denn ich liebte Sprache schon mein Leben lang, sie war bei mir die Hauptperson und ich ihre ewig treue Gefährtin. Doch zu der Zeit konnten sogar Wörter und alles, was sie konnten und nicht konnten, mich mal kreuzweise, und damit hatte es sich.

Dann leuchtete mein Handy auf dem Tisch auf. Das Licht leuchtete in dem dunklen Zimmer.

Ich hob das Handy hoch und starrte darauf.

Nicht das Krankenhaus.

Okay.

Eine mir unbekannte Nummer.

Jetzt überrascht es mich, dass ich überhaupt ranging.

Ich werd wohl gedacht haben, vielleicht jemand, für den mein Vater gearbeitet hatte oder ein ehemaliger Kollege, und der hatte erfahren, was passiert war, und rief an und wollte wissen, wie es ihm ging usw. Eine Spur verantwortlich fühlte ich mich schon noch bei so was. Die Auskunft hatte ich ja parat. *Noch nicht über den Berg. Unter Beobachtung.*

Hallo?, sagte ich.

Sandy?

Ja.

Ich bin's, sagte eine Frau.

Aha, sagte ich, nicht klüger als zuvor.

Sie nannte mir ihren Namen.

Heute heiße ich Pelf, mein Mädchenname ist Martina Inglis.

Es dauerte einen Moment. Dann erinnerte ich mich.

Martina Inglis.

Sie war zur selben Zeit am College wie ich, im selben Jahr, im selben Kurs. Freundinnen waren wir nicht gewesen, eher Bekannte. Nein, nicht einmal Bekannte. Weniger als das. Ich dachte, vielleicht hat sie das von meinem Vater gehört (obwohl Gott weiß wie das hätte sein sollen) und rief, auch wenn wir uns kaum kannten, jetzt bei mir an (obwohl Gott weiß woher sie meine Nummer haben sollte), um mir, keine Ahnung, beizustehen.

Doch sie erwähnte meinen Vater gar nicht.

Sie fragte nicht, wie es mir ging oder was ich machte oder das Zeug, das Leute meistens sagen oder fragen. Ich glaube, deshalb legte ich nicht auf. Sie spielte mir nichts vor.

Sie sagte, sie hätte schon eine ganze Weile mit mir sprechen wollen. Sie sei jetzt, erzählte sie, Assistentin des Kurators an einem Nationalmuseum (*hättest du dir jemals vorstellen können, dass ich mal so etwas mache?*) und gerade von einer Tagesreise aus dem Ausland zurückgekommen, wo das Museum sie zwischen zwei Lockdowns hingeschickt hatte, um ein aus England stammendes Truhenschloss aus einer Wanderausstellung von Objekten des Spätmittelalters und der Frührenaissance persönlich nach Hause zu begleiten, eine Schließvorrichtung, erklärte sie, ihrer Zeit weit voraus, noch dazu eine ganz ungewöhnlich gute und schöne Ausführung, historisch nicht ganz unbedeutend.

Abends also wieder hier eingetroffen, habe sie lange anstehen müssen, bis sie das vordere Ende der Schlange vor der Grenzkontrolle erreicht habe, wo die Pässe per Hand kontrolliert wurden (die meisten digitalen Lesegeräte seien außer Betrieb gewesen). Als sie schließlich ganz vorn stand, habe der Mann hinter der Scheibe gesagt, sie habe ihm den falschen Pass gegeben.

Sie konnte sich nicht denken, was er meinte. Ein falscher Pass, was sollte das sein?

Ah, Augenblick, habe sie gesagt. Verstehe. Entschuldigung, ich habe Ihnen bestimmt den gegeben, mit dem ich nicht ausgereist bin, einen Augenblick bitte.

Ein Pass, mit dem Sie nicht ausgereist sind, sagte der Mann hinter der Scheibe.

Ich habe zwei, sagte sie.

Sie holte ihren anderen Pass aus der Innentasche ihrer Jacke.

Doppelte Staatsbürgerschaft, sagte sie.

Genügt ein Land Ihnen nicht?, sagte der Mann hinter der Scheibe.

Bitte?

Ich sagte, genügt ein Land Ihnen nicht?, sagte der Mann noch einmal.

Sie sah zu seinen Augen über der Maske. Die lächelten nicht.

Das ist doch wohl meine Sache, nicht Ihre, sagte sie.

Er nahm ihr den zweiten Pass ab, klappte ihn auf, sah ihn sich an, schaute sich die beiden Pässe zusammen an, schaute auf seinen Bildschirm, tippte etwas, und nun spürte sie, dass zwei maskierte Beamte in Uniform dicht neben ihr standen, direkt hinter ihr, einer auf jeder Seite.

Wenn ich mal kurz das Ticket sehen könnte, mit dem Sie heute hier eingereist sind, sagte der Mann hinter der Scheibe.

15

Sie zog ihr Handy hervor, scrollte, bis sie das Ticket fand, drehte das Handy um und hielt es zu ihm hoch. Einer der Beamten nahm ihr das Handy aus der Hand und schob es dem Mann hinter der Scheibe durch. Der legte es auf ihre Pässe. Dann desinfizierte er sich die Hände aus einer Flasche auf seinem Tisch.

Wenn Sie bitte hier entlangkommen würden, sagte der zweite Beamte.

Warum?, sagte sie.

Routinekontrolle, sagte der zweite Beamte.

Sie begannen sie wegzuführen.

Ihr Kollege hat noch mein Handy. Er hat noch meine beiden Reisepässe, sagte sie.

Erhalten Sie zu gegebener Zeit zurück, sagte der hinter ihr.

Sie führten sie durch eine Tür und durch eine zweite Tür in einen nichtssagenden Gang, in dem außer einem Scanner nichts war. Sie ließen die Tasche, in der die kleine Packkiste mit dem alten Schloss darin war, ihr einziges Handgepäck, durch den Scanner laufen.

Fragten, was für eine Waffe sich in der Kiste befinde.

Seien Sie nicht albern. Das ist selbstverständlich keine Waffe, sagte sie. Der breitere Gegenstand ist ein Schloss, es war im sechzehnten Jahrhundert einmal das Schloss an der Geldtruhe eines Barons. Der längliche Gegenstand daneben ist kein Messer, sondern der Originalschlüssel zu diesem Schloss. Es ist das Boothby-Schloss. Wenn Sie etwas über englische Metallverarbeitung im

Spätmittelalter und in der Frührenaissance wüssten, wüssten Sie, dass es sich hier um ein bedeutendes historisches Artefakt und ein fantastisches Beispiel für die Güte des Schmiedehandwerks handelt.

Der Beamte brach die Packkiste grob mit einem Messer auf.

Sie dürfen das nicht rausnehmen!, sagte sie.

Er hob das eingewickelte Schloss heraus und wiegte es in den Händen.

Legen Sie das zurück!, sagte sie. Legen Sie das sofort zurück!

Sie sagte es mit solcher Schärfe, dass der Uniformierte aufhörte, das Schloss von einer Hand in die andere gleiten zu lassen, und es fast linkisch in die Packkiste zurücklegte.

Dann verlangte der andere, dass sie bewies, die zu sein, für die sie sich ausgab.

Wie denn?, sagte sie. Sie haben meine beiden Reisepässe doch schon. Und mein Handy.

Sie haben also keinen schriftlichen Nachweis für einen behördlichen Auftrag zum Transport eines nationalen Kulturguts?, sagte der Beamte, der die Packkiste in den Händen hielt.

Sie wollten sie in das Zimmer bringen, das sie Befragungsraum nannten. Sie klammerte sich mit beiden Händen an die Seite des Scannerbands, machte sich so schwer sie konnte, wie die Demonstranten in den Nachrichten, und weigerte sich, freiwillig irgendwohin zu gehen, ehe sie ihr nicht die aufgebrochene Packkiste zurückgaben und sie nachprüfen ließen, dass beides, Boothby-Schloss und zugehöriger Schlüssel, noch darin waren.

Sie sperrten sie und die Tasche mit der Kiste in einen kleinen Raum ein, in dem sich nichts befand außer einem Tisch und zwei Stühlen. Der Tisch war aus grauem Plastik und Aluminium, genau wie die Stühle. Es stand kein Telefon auf dem Tisch, gab keine Fenster. Es gab auch keine sichtbare Kamera an einer der Wände, in die sie hätte winken können, auch wenn da sehr wohl Kameras sein mochten, die sie nicht sah, *aber Gott weiß wo, Sand, mit einer sehr kleinen Linse kann man heute alles Mögliche machen. Linsen sind heute kleiner als Fruchtfliegen. Nicht dass es in dem Raum etwas Lebendiges gegeben hätte, abgesehen von mir.* Außerdem hatte die Tür innen keine Klinke und ließ sich auch nicht zum Aufgehen bewegen, indem man an den Seiten herumtastete; sie hatte unten und an den Kanten Kratzspuren und kleine Furchen von den früheren Versuchen anderer. Es gab auch keinen Papierkorb, wie sie merkte, als nach ihrem Hämmern niemand kam, der ihr gesagt hätte, wo sich eine Toilette befand, oder der sie dort hingebracht hätte; danach ließen sie sie sehr lange, wie sich herausstellte, da drin hocken.

Später durfte sie ohne weitere Befragung und Erklärung gehen, sie gaben ihr zwar ihr Handy zurück, behielten aber ihre Pässe; die bekommen Sie, erklärte ihr eine Frau an einem Schalter, *zu gegebener Zeit* zurück.

Bis heute habe ich keinen von beiden wieder, erzählte sie mir. Und ich grüble immer noch. Entweder die haben mich da reingesteckt und ehrlich vergessen, oder sie haben mich mit Absicht vergessen.

So oder so, sagte ich. Ganz schönes Ding. Sieben Stunden.

Siebeneinhalb, sagte sie. Ein ganzer Arbeitstag, der auch noch um halb vier in der Früh anfing und größtenteils für Schlangestehen an Grenzkontrollen draufging. Aber siebeneinhalb Stunden. In einem komplett leeren Raum.

Das ist lange, sagte ich.

Sehr lange, sagte sie.

Ich wusste, was ich nun tun sollte – fragen, was sie siebeneinhalb Stunden lang gemacht hatte in dem komplett leeren Raum. Doch ich steckte in einer Phase meines Lebens, in der ich über Anteilnahme hinaus war, weit hinaus war über Höflichkeit und aufgenötigtes geselliges Gerede.

Ich zögerte.

Ich schwieg, gut zehn Sekunden lang.

Äh, hallo?, sagte sie.

Ich weiß nicht, wie sie das machte, aber irgendetwas in ihrer Stimme erzeugte bei mir ein schlechtes Gewissen wegen meines Zögerns.

Na gut. Was hast du die ganze Zeit da drin gemacht?, sagte ich.

Ah, daran hängt ein Märlein, sagte sie (und ich hörte ihrer Stimme an, dass sie erleichtert war, weil ich gesagt hatte, was von mir erwartet worden war). Eigentlich habe ist dich deswegen angerufen. Hör zu. Es ist etwas Seltsames passiert. Ich hab es noch niemandem erzählt. Teils, weil ich nicht weiß, wem ich es sonst erzählen könnte. Ich meine, darüber nachgedacht hab ich schon, es kam aber nichts dabei raus. Und vorige Woche dachte ich, Sandy Gray. Die Sand von früher. Als wir an der Universität waren. Die wüsste, was man davon halten soll.

Wovon?, sagte ich

und wurde innerlich langsam unruhig, weil ich, seit sich alles verändert hatte, rein äußerlich ja weitermachte wie vorher und wie wir alle so tat, als wäre alles bestens, obwohl es entsetzlich war, dabei war ich eigentlich nicht mehr im Lot und mit Sicherheit nicht mehr dieselbe wie früher.

Zuerst, sagte sie, saß ich nur reglos da, die Hände im Schoß. Ich war wütend, redete mir meine Wut aber aus. Bereitete mich auf das vor, worum auch immer es bei der Befragung gehen würde.

Dann wurde es ziemlich kalt da drin, und ich stand auf und lief ein bisschen herum, besonders groß war der Raum ja nicht, ich fing an, im Kreis zu joggen, und weil er so klein war, wurde mir von dem Im-

Kreis-Herumrennen schwindlig, zum Glück kriege ich nicht so schnell Platzangst.

Dann versuchte ich noch einmal, die Tür zu öffnen. Aber ich hatte nichts, womit ich sie aufkriegen konnte.

Ich erwog sogar schon, den Boothby-Schlüssel auszuwickeln und es mit dem Bart zu versuchen, der endet in einen Dorn mit einem kleinen Häkchen dran, ich dachte, damit kriege ich die Tür an der Unterseite zu fassen und schau, ob ich sie bewegen kann. Aber daran schuld sein, wenn der Schlüssel Schaden nahm, das kam nicht infrage, ausgeschlossen.

Dann fiel mir ein, ich war eigentlich noch nie längere Zeit allein mit dem Boothby gewesen oder hatte auch nur Gelegenheit, es mir richtig anzusehen.

Ich holte also die kleine Kiste aus der Tasche, sie war jetzt eh aufgebrochen, der Beamte hatte sie mit seinem Messer kaputt gemacht. Hob die beiden in Tuch eingeschlagenen Teile heraus und legte sie auf den Tisch, wickelte das Schloss aus und legte es, mit dem Tuchstoff darunter, vor mich hin. Ah, Sand, das Boothby-Schloss, wer immer das gemacht hatte, hatte Gott weiß wie wundertätige Hände. Hast du es mal gesehen?

Nein, sagte ich.

Schon mal davon gehört?

Nein, sagte ich.

Google mal danach. Du wirst begeistert sein. Wenn jemand es wirklich kapiert, dann du.

Eine Person, an die ich mich kaum erinnerte und

21

auch nicht erinnert hätte, hätte sie sich mit dem Anruf nicht bei mir in Erinnerung gebracht, hatte all die Jahre ein Bild von mir im Kopf behalten, das sie glauben ließ, ich würde etwas »kapieren«?

Google, sagte sie, ist natürlich kein Vergleich damit, es in natura zu sehen, das echte Metall. Es ist wirklich wunderschön. Und wirklich raffiniert. Man käme beim Anschauen nicht drauf, dass es überhaupt ein Schloss ist oder dass ein besonderer Mechanismus darin steckt, ganz zu schweigen davon, dass man nicht erkennt, wie oder wo der Schlüssel eingeführt wird, mit dem man es öffnet. Man erkennt es nicht mal gleich, wenn man weiß, wo man hinsehen muss. Es ist so gemacht, dass es aussieht wie ein von Efeublättern überwuchertes Schloss, doch schon dieses Wort wird ihm nicht gerecht, so sehr ähnelt jedes Blatt aus Metall echtem Efeu, ist aber keiner, und trotzdem meint man, man würde, nähme man es in die Hand, spüren, wie es nachgibt, genauso wie man es bei einem echten Blatt spürt. Man sieht es sich an und begreift wieder, wie erstaunlich ein echtes Efeublatt ist. Und die Ranken, als würden sie buchstäblich vor deinen Augen länger, sie sind so zart, haben so einen, ich weiß nicht, wie ich es sonst nennen soll, Rhythmus, es ist, als seien sie biegsam, beweglich. Wenn man versucht, alles zusammen im Blick zu behalten, schieben sich die Ranken und die Blätter förmlich innen aus dem, was der Baron oder wer immer damit absperrte, heraus und darüber hinweg. Das eigentliche Schloss, sagen Historiker der Schließtechnik, ist äußerst robust, sieht aber, wenn man es öffnet und genauer betrachtet, trotzdem ganz filigran aus, ich würde mir nicht anmaßen zu erklären, wie der Mechanismus funktioniert, aber Leute von weiter oben auf der Museumsleiter meinen, es sei für die damalige Zeit eins der am schwersten zu knackenden Schlösser, eigentlich für jede Zeit, mit der ausgeklügelten neuartigen Zuhaltung, die man noch Jahrhunderte später sonst nirgendwo fand, ich meine, eine für die Zeit verblüffend kunstfertige Arbeit, zumal die Metalle damals generell grober waren oder jedenfalls in dem Teil des Landes, in dem das Schloss gefertigt wurde, und das handwerkliche Geschick, das man brauchte, um etwas auf diesem Niveau herzustellen, ich meine, kaum vorstellbar mit den einfachen Werkzeugen, die man fürs Schneiden oder Formen ja nur hatte. Ich hab mich jedenfalls nicht getraut, es in die Hand zu nehmen, es lag da in seinem Tuch auf dem Tisch unter dem Neonlicht in diesem Nichts von einem Raum, das Metall in allen Farben vergangener Jahrhunderte schimmernd, und es war so schön, dass ich, für eine Weile zumindest, vergaß, wie dringend ich eigentlich auf die Toilette musste.

Dann meldete sich mein körperliches Bedürfnis zum zweiten Mal, viel drängender als beim ersten, und da bei meinem ersten Türhämmern nichts passiert war, geriet ich in Panik bei dem Gedanken, was ich da

drin tun würde oder lieber würde lassen wollen, haha,
wenn beim zweiten Hämmern wieder nichts passierte.

Da hörte ich es.

Sie hielt inne.

Sie holten dich schließlich raus, sagte ich.

Nein, sagte sie. Es war nicht irgendjemand. Na ja,
doch, schon. Bloß nicht physisch anwesend. Bloß –
ich meine, ich hörte jemanden sprechen, als wäre er
mit mir in dem Raum. Aber da drin *war* nur ich. Es
war seltsam. Und was es sagte, war auch seltsam.

Da wird jemand nebenan sein, dachte ich mir, und
das hörst du durch die Wand, die Wand weiter hinten,
aber verblüffend deutlich, so deutlich, wie ich dich
jetzt höre. Jedenfalls, langer Rede kurzer Sinn: Deswegen habe ich dich angerufen.

Um mir zu sagen, dass du eine seltsame Stimme
durch eine Wand gehört hast, sagte ich.

Nein, sagte sie, die *Stimme* war nicht seltsam. Be-
schreiben war nie meine Stärke, wie du noch wissen
wirst. Nein, was sie sagte, das war seltsam. Oder, genau
genommen nicht seltsam, ich weiß bloß nicht, wie ich
es sonst nennen oder was ich davon halten soll.

Was sagte sie denn?, sagte ich.

Curlew oder *curfew*.

Sie sagte – was?

Das, weiter nichts. Nur diese Wörter.

Curlew oder *curfew*?, sagte ich.

Es klang wie eine Frage, sagte Martina. Ich glaube,

es war eine Frauenstimme, aber eine sehr tiefe. Für einen Mann war sie wiederum zu hoch, es sei denn, es war ein Mann mit einer Fistelstimme.

Was hast du geantwortet?, sagte ich.

Ich hin zu der Wand und gesagt, wie bitte, könnten Sie das bitte wiederholen? Und die Stimme tat es. *Curlew* oder *curfew*. Und dann noch: *Du entscheidest.*

Wie ging es weiter?, sagte ich.

Na, ich hab denjenigen, wer immer es war, gefragt, ob er mir helfen oder jemandem Bescheid sagen kann, dass ich auf die Toilette muss, sagte sie.

Und weiter?

Das war alles, sagte sie. Nichts weiter. Es kam niemand, gefühlt noch mindestens eine Stunde lange nicht, zum Glück habe ich noch die Blasenkontrolle eines viel jüngeren Menschen.

Klingt wie Veralbern, sagte ich.

Ich veralbere dich nicht, sagte sie. Warum sollte ich? Es war so. Ist passiert. Genau so, wie ich es dir erzählt habe. Ich veralbere dich nicht.

Nein, ich meine, als wollte jemand *dich* veralbern. Versteckte Lautsprecher?

Wenn es die gab, waren sie sehr gut versteckt, sagte sie. Aufnahmegeräte hab ich keine gesehen.

Ein Psychotest bei der Grenzkontrolle?

Keine Ahnung, sagte sie. Es ist mir schleierhaft. Wie auch immer. Ich rufe an, weil ich eins nicht aus dem Kopf kriege.

Na ja, so lange in dem Raum eingeschlossen, sagte ich. Schikaniert, eingeschlossen und nichts anderes dabei als ein echt altes, äh – Schloss. Das ist kein Klacks. Nein, nicht das, sagte sie. Ich krieg das mit dem *curlew* nicht aus dem Kopf. Und mit dem *curfew*. Ich meine, was zum Teufel. Als hätte mir jemand eine Botschaft überbracht, mir etwas anvertraut. Aber was *ist* die Botschaft? Sand, ich kann nachts nicht schlafen, weil ich nicht draufkomme, was das bedeuten soll. Mir Sorgen mache, dass ich dem nicht gewachsen bin. Ich geh ins Bett, bin müde, richtig erschöpft. Und liege dann im Dunkeln wach und mache mir Sorgen, dass ich etwas Wichtiges übersehe, etwas, worauf ich viel mehr achten sollte.

Du kannst von Glück sagen, dass dich nur das jetzt nachts wach hält, sagte ich.

Ich meine, ich weiß, dass *curlew* der Brachvogel ist und *curfew* die Sperrstunde. Ich weiß aber nicht, was das bedeuten soll. Wo ist hier der Witz? Ich liege da, und Edward ist lieb und alles, aber ich kann es ihm nicht sagen.

Wieso nicht?

Er ist mein Ehemann, sagte sie.

Ah.

Ich hielt das Handy von mir weg. Jemand, den ich kaum kannte, wollte mich in einen Streit über Defizite in seiner Ehe hineinziehen. Ich ließ den Zeigefinger über der Auflegen-Taste schweben.

26

Meinen Kindern kann ich es auch nicht sagen. Die eine würde lachen. Die andere würde mich als Cis Terf bezeichnen, was ich ja wohl bin. Neulich haben die beiden mich angeschrien, ich ließe sie nicht ausreden. Ich kapiere nicht mehr, was meine eigenen Kinder mir sagen wollen. Und im Museum kann ich es auch niemandem erzählen. Die würden mir nie wieder ein Objekt anvertrauen und mich für verrückt halten. Für eine Fantastin. Ich sah auf das Handy in meiner Hand, aus dem heraus ihre Stimme das Wort Fantastin sprach. Legte aber noch nicht auf, sondern dachte, wie ich merkte, überraschend intensiv an das Schloss, das sie beschrieben hatte, bei dem der Weg ins Innere unter Efeu versteckt ist, ich dachte an das weiche Einschlagtuch, ausgebreitet auf einem schäbigen Plastiktisch im fensterlosen Raum auf dem Flughafen. So ein Gegenstand kann das, wohin er gerät, verwandeln, er kann zeigen, dass sogar ein nichtssagender Raum wie der, in dem sie siebeneinhalb Stunden lang eingesperrt worden war, ein Museum völlig neuer Art sein kann.

Und da bist *du* mir eingefallen, sagte sie mir nun wieder ins Ohr. Weil du in unserer Collegezeit auf Partys immer die Kunststücke vorgeführt hast, Träume gedeutet, anderen aus der Hand gelesen –

Äh, sagte ich (weil ich nicht die leiseste Erinnerung daran hatte, mal jemandem aus der Hand gelesen oder einen Traum gedeutet zu haben).

– und du warst immer überzeugend, wenn du erklärt hast, was eine Gedichtzeile bedeutet und so weiter. Du hast einfach durchgeblickt. Generell. Mehr als wir alle. Ganz die Kunststudentin eben. Du hattest eine Art, über Dinge nachzudenken, die jeder, der etwas normaler war, als abseitig abgetan hätte. *Normal.*

Danke, sagte ich. Ich überlege.

Ich meine, klar, ich hab damals auch Kunst studiert. Oder so. Aber nie so wie du. Ich hab es wegen der Jobs getan, die man da ergattern konnte, wegen der HiWi-Stellen. Nicht dass mir Kunst nicht gefallen hätte oder nicht gefällt. Aber wie du war ich nie. So war da sonst niemand. Du warst, na ja, anders.

Ach ja?, sagte ich.

Jedenfalls, ich lag da, mitten in der Nacht, hab die Vorhänge angestarrt, da bist du mir eingefallen, und ich dachte: Sand. Ich besorg mir eine Telefonnummer oder eine Mailadresse und frage sie. Jemand wie Sand wird wissen, was das zu bedeuten hat.

Und hier ist jemand wie ich, sagte ich.

Also. Was hältst du davon?, sagte sie. Was hat das zu bedeuten?

Welcher Teil deines Erlebnisses speziell?, sagte ich.

Bloß die Wörter, sagte sie. Mich interessieren bloß die Wörter, weiter nichts.

Curfew oder *curlew*, sagte ich.

Andersrum, sagte sie.

Curlew oder *curfew*.

Curlew oder *curfew*. Du entscheidest, sagte sie.

Na ja, sagte ich. Das ist es doch. Man hat die Wahl. Und es hat etwas mit *Zeit* versus *Vogel* zu tun. Ich meine die Wahl zwischen Vorstellung oder Wirklichkeit, in beiden Fällen, bei der Zeit und bei dem Vogel. Die Brache ist ein Vogel, und die Sperrstunde ist eine Zeit, in der Menschen gemäß behördlicher Anweisung nicht mehr im Freien unterwegs sein dürfen. Sie müssen von Gesetzes wegen zu Hause sein.

Ja, aber das versteht sich von selbst, das weiß ich alles, sagte sie.

Deshalb die Wahlmöglichkeit, sagte ich. Fragt sich, ob es überhaupt eine echte Wahl zwischen den Vorstellungen gibt, die zwei willkürliche Wörter hervorrufen, aus deren Schreibung man schließen kann, dass ihre Paarung ein Witz ist – und die vielleicht sogar nur zu diesem Zweck erfolgte, vielleicht auch bloß, weil es fast die gleichen Wörter sind, bis auf einen einzigen Konsonanten, dessen Wechsel die Bedeutung von allem ändert, nur minimal, aber spielend.

Konsonantenwechsel, sagte sie. Oh. Oh ja. Siehst du, *daran* hatte ich nicht mal gedacht.

Bei der Entscheidung für eins der beiden, sagte ich, geht es um Unterschied und Gleichheit. Und um Abweichungen bei den Bedeutungen der Wörter –

(Ich hörte, wie sie am anderen Ende der Leitung mitschrieb.)

– *und* um alle Gemeinsamkeiten, die man bei dem feststellt, wofür die Wörter stehen. Zum Beispiel: Vögel haben Flügel, und von der Zeit heißt es, sie fliege dahin –

Ja!, sagte sie. Das ist genial. Du bist eine richtige Intelligenzbestie.

– und wenn wir nur mal für einen Augenblick, sagte ich, an die kurze Spanne denken, die das Leben eines Vogels währt, das er offensichtlich ja in Freiheit verbringt, lässt sich das dem gegenüberstellen, dass das, was wir mit der uns zugemessenen Zeit anfangen, auf die eine oder andere Art nicht bloß von der Natur bestimmt oder beherrscht werden kann oder wohl auch immer bestimmt wird, sondern auch durch äußerliche Faktoren wie Ökonomie, Geschichte, soziale Zwänge, gesellschaftliche Konventionen, die persönliche Psyche und den politischen und kulturellen Zeitgeist. Und wenn wir jetzt *curlew* und *curfew* nehmen, hat man die Wahl zwischen der Natur und einer obrigkeitlichen Prägung der Zeit, die eine Erfindung des Menschen ist, oder die Wahl zwischen der Umwelt und unserem Einfluss auf ihre schädliche oder pflegliche Nutzung –

Am anderen Ende der Leitung fing Martina an zu lachen.

Pfleglich. Gegenüberstellen. Zeitgeist. Unterschied. Abweichungen. Konsonantenwechsel, sagte sie.

Hm, sagte ich.

Eins hat sich nicht verändert, ich sag's dir, Sand, sagte sie. Du. Du hast dich kein Stück verändert. Ich errötete und hatte keinen Schimmer, warum. Ach, ich weiß nicht, sagte ich. Hier und da hab ich über die Jahre schon den einen oder anderen Konsonanten gewechselt.

Immer noch dieselbe Sand, sagte sie. Treibsandy, ständig in Bewegung.

Treibsandy.

Seit Jahren hatte das niemand mehr zu mir gesagt. Eigentlich hatte das noch nie jemand zu mir gesagt, Punkt, zumindest nicht mir ins Gesicht. Bis zu diesem Anruf nicht. Auch wenn das Telefon eines von der Sorte war, auf dem wir sehr wohl die Gesichter der Angerufenen sehen konnten, was damals, zu Collegezeiten, noch Zukunftsmusik war, als irgendwer es hinter meinem Rücken über mich sagte.

Ich meine, ich wusste, dass sie das über mich sagten.

Vermutlich taten sie das, weil ich mit Männern und Frauen ausging, was damals als äußerst verdächtig galt, wenngleich nicht ganz so verdächtig wie eben schwul zu sein, was ich wohl war / bin und mit der Zeit auch leichter sagen konnte und aussprechen wollte.

Andere Zeiten.

Jedenfalls war ich nun hellwach und fragte mich, ob Martina Inglis, an die ich dreißig Jahre lang nicht einmal gedacht hatte, in diesem Augenblick seelenruhig schlief, wer und wo auch immer sie auf der Welt sein mochte, und fragte mich, wieso ausgerechnet sie eine Geschichte erfinden konnte, die mich sogar in meinem reduzierten Zustand neugierig machte.

Es war beinahe so, als habe sie mich damit ins Visier genommen. Die Reisepässe. Die nichtssagenden Polizisten. Der nicht nachvollziehbare und ungerechtfertigte Gewahrsam. Die handwerklich schöne Arbeit, von der sie gesprochen hatte. Die geisterhafte Stimme in dem Arrestraum.

Mit keiner anderen Geschichte hätte sie mich leichter am Haken gehabt.

Aber wozu?

Wegen des heimlichen Triumphs, mit einem Leben zu spielen?

Oder vielleicht sogar mein Bankkonto abzuräumen?

Nie gab es mehr Gaunerei als heute. Womöglich war es nicht einmal »Martina Inglis«, die mich angerufen hatte, sondern sonst wer, ein x-beliebiger Betrüger, der keine Ahnung hatte, wer ich bin, und sich am Telefon als jemand aus meiner Vergangenheit ausgab. Im Internet waren unterschiedlichste Details aus dem Leben anderer Leute frei zugänglich. Womöglich war es jemand, der vom Krankenhaus / meinem Vater etc. wusste und annahm, dass ich gerade besonders wehrlos bin. Leichte Beute. Tausende hat man allein hierzulande schon um Millionen Pfund betrogen, einsame Menschen, so verzweifelt, dass sie einer Stimme am Telefon vertrauten.

Aber.

Sie hatte nichts Gekünsteltes an sich.

Ich brauchte heute Getue, Verstellung oder Egois-

mus bloß zu wittern, schon war ich auf und davon wie
ein Schmetterling, der die Nähe eines Netzes spürt.
Ich drehte mich im Bett auf die andere Seite. Okay.
Eins konnte ich tun, das berühmte Schließding nach-
schlagen. Konnte danach googeln und mich vergewis-
sern:

1. ob es überhaupt existierte und
2. wenn ja, ob es im Rahmen einer Sonderausstellung
von, was noch mal, Objekten aus dem Spätmittelalter im Ausland gezeigt worden war, und
3. aus welchem Museum es stammte und
4. ob Martina in diesem Museum angestellt war.

Das alles wäre ein Beweis.

Aber machen wir uns nichts vor: Google war nicht
besonders zuverlässig. Auf dem Bildschirm und im
Netz sah man immer nur die neueste Erscheinungs-
form einer behaupteten Realität, die jedoch von Anfang bis Ende virtuell war, ergo in keinem wirklichen
Sinne echtes Leben zeigte.

Und warum zum Henker, dachte ich und hieb im
Dunkeln mit der Faust aufs Kissen, musste ich mir mitten in der Nacht philosophische und existenzielle Gedanken – ja überhaupt Gedanken – darüber machen,
was im Kopf oder im Leben von jemandem vorging,
den ich kaum kannte und nicht einmal besonders
mochte, eigentlich noch nie sonderlich gemocht hatte?

Ich warf die Decke von mir. Setzte mich auf.
Der Hund meines Vaters auf der anderen Seite des
Zimmers setzte sich nun auch auf. Er legte sich wieder hin, als er merkte, dass er bloß
meinetwegen wach geworden war.
Hunde gelten im Allgemeinen als Gefährten des
Menschen. Als sein treuer Begleiter.
Der ihm Gesellschaft leistet.
Ich hatte von Menschen gehört, die, als sie isoliert
oder inhaftiert oder einsam oder dergleichen waren,
an den verschiedensten unerwarteten Orten oder in
Gestalt seltsamster Dinge Gesellschaft gefunden hatten.
In einem kleinen Stein in der Tasche.
In einem Stück Knochen, eingenäht in einen kleinen Lederbeutel, einem Knöchelchen, aus dem Körper eines Heiligen, wie es hieß, von Eltern an ein Kind
weitergegeben und bei jeder Prüfung in der Schule,
bei jeder Untersuchung oder in schwierigen Lebens-
phasen fest umklammert, bis es wieder an die nächste
Generation weitergegeben wurde, die dasselbe damit
tat. Ein Ritual und bedeutungsvoll, auch wenn es bloß
ein Hühnerknöchelchen war, von einem Scharlatan
als Stück eines Heiligen an jemanden verhökert, der

wirklich ein Stück von einem Heiligen benötigte oder für hilfreich hielt.

Ja. Ein Glaube.

Ein Glaube war zweifellos ein Gefährte.

Manchmal bloß eine Melodie. Ein Lied.

Ein Liedtext.

Irgendein Text, eine Zeile, im Gedächtnis bewahrt, und sei es nur ungefähr.

Ich hatte von Menschen gehört, die im Gefängnis gesessen, eine Geiselhaft erlebt hatten und deren Gedächtnis sich, als sie verängstigt in der Kargheit ihrer jeweiligen Umstände saßen, im wahrsten Sinne des Wortes öffnete wie ein Buch und ihnen so vieles zurückgab, was sie vergessen zu haben glaubten oder, wie sie wussten, tatsächlich vergessen hatten, so als wären sie *selbst* all die Bücher, die sie gelesen, und all die Dinge, die sie in ihrem Leben gelernt und getan hatten.

Bücher.

Bücher galten als sehr gute Gefährten.

Genauso wie Hunde als Gefährten galten.

Früher hatte ich auch geglaubt, dass noch andere Dinge Gefährten sein konnten.

Alexas. Leute sagten oft, ihre technischen Geräte seien ihnen ein Trost, seien so etwas wie Freunde, zum Beispiel das handtellergroße japanische Spielzeug, das Kinder vor zwanzig Jahren besaßen, bei dem man Tasten drücken musste, wenn das Gerät durch Piepsen

36

mitteilte, dass es »Hunger hatte«, und man es durch das
Drücken der Tasten »fütterte«; geschah das nicht recht-
zeitig, »starb« das »Leben« in dem Gerät.

Das Radio.

Das Radio galt immer als sehr guter Gefährte.

Ich hatte das Radio meines Vaters.

Mitten in der Nacht oder in den frühen Morgen-
stunden schaltete ich es manchmal ein.

Ich hatte aufgeschnappt, dass es Sendungen gab,
in denen zum Beispiel jemand mit einem Mikro am
Rand eines Kanals in Venedig stand und nur das Geräusch des an den Rand schwappenden Wassers auf-
zeichnete, woraus jemand eine Sendung machte, in
der nichts anderes lief als dieses Geräusch des Wasser-
schwappens in Venedig. So etwas hätte ich mir gern
angehört, und ich hätte ohne Weiteres einen Laptop
aufklappen oder auf dem Handy danach suchen, es he-
runterladen oder mich nach Ähnlichem umtun können. Wichtig daran war aber, ja, es war der eigentliche Sinn der Vorstellung, dass ich es zur selben Zeit
hörte wie zig andere, zwischen denen in der echten
Sendezeit eine Verbindung entstand.

Stattdessen hörte ich, wenn ich mitten in der Nacht
das Radio einschaltete, im Laufe dieses Jahres in den
Nachrichten eine Meldung nach der anderen, in der
Regierungssprecher mir, als sprächen sie einen Werbe-
text, mitteilten, dieses Land stehe an der Spitze, sei
weltweit führend, und dann zählten sie auf, worin es

weltweit führend war, sagten mir, die an die tausend, die pro Woche weiterhin hier starben, müssten wir jetzt eben hinnehmen, unsere Regierung sei doch gegenüber allen im Land großzügig, sie zahle doch so viele öffentliche Gelder an Freunde und Geldgeber der Regierung aus, und sie sei patriotisch, wenn sie Streit mit anderen Ländern vom Zaun brach. Schwarze, hatte ich gehört, seien Terroristen, wenn sie sich in einer Protestbewegung organisierten, die Gleichstellung und ein Ende des Rassismus forderten. Protestierende Umweltschützer, hatte ich gehört, seien Terroristen, wenn sie sich in einer Bewegung organisierten und forderten, dass wir uns der Zerstörung des Planeten annahmen. Ich hatte, zwischen den Zeilen, zwischen den Lügen versteckt, gehört, das Parlament werde neue Gesetze verabschieden, nach denen solche Proteste verboten werden und Demonstranten ins Gefängnis geworfen werden würden. Man plane, hatte ich gehört, weitere neue Gesetze, die jeden, der hier um Asyl nachsuchte, an der Einreise ins Land hinderte, und die Sinti und Roma und andere Fahrende daran hinderten, auf ihre traditionelle Weise zu leben. In die alten Flüsse des Landes, hatte ich gehört, wurden immer mehr Exkremente eingeleitet, und das vollkommen legal. (Wie gefährlich das war, wusste ich, weil ich kürzlich wieder einen Aushilfsjob in der Verwaltung eines Wasserwirtschaftskonzerns hatte; seit wir mit dem Staatenblock im Clinch waren, in dem die chemischen Stoffe für die

38

Kläranlagen produziert wurden, konnten die Konzerne diese Stoffe nicht mehr beziehen und saßen auf einer Unmenge unbehandelter Scheiße. Das Virus, auch das wusste ich, hinterließ gern Spuren in Exkrementen.) Und wenn Frauen das Gefühl hatten, der Polizist, der sie anhielt, wolle sie nötigen, körperlich attackieren, sie missbrauchen und ermorden, sollten sie, so der behördliche Rat, *einen vorüberfahrenden Bus auf sich aufmerksam machen und um Hilfe bitten.* Flüchtlinge, hatte ich gehört, die es gegen alle Wahrscheinlichkeit Gott weiß wie trotzdem bis hierher geschafft hatten, wurden jetzt in den Zellen eines baufälligen alten Gefängnisses untergebracht, das bis dahin als Teil eines Erlebnisparks genutzt worden war. Ich hatte gehört, wie unfähig und hartherzig die Regierung Tausende Afghanen im Stich gelassen hatte, deren Leben jetzt bedroht war, weil sie in den Jahren unserer Präsenz in ihrem Land für uns gearbeitet hatten.

All das hatte ich gehört. Dann hatte ich einen Minister aus dem Kabinett sagen hören, Fernsehen und Radio sollten nur Sendungen ausstrahlen, in denen *dezidiert britische Werte* hochgehalten wurden.

PURE move. Diese Worte waren vorn am Radio meines Vaters aufgeprägt, *move* vermutlich, weil man es leicht mitnehmen konnte, wenn man von einem Zimmer ins andere ging, und *PURE* wegen des reißerischen verlogenen Geschwätzes, das Produktmarketing im Allgemeinen ist.

Aber egal. Ich war darüber hinaus, mich um so etwas zu kümmern.

Und das kam so:

Ich hatte den Nachmittag im Krankenhaus verbracht. War nach Hause gekommen in meine Mietwohnung. Hatte den Wasserkessel aufgesetzt. Den Fernseher eingeschaltet. Diese Dinge tat ich, weil ich sie immer tat. Ich merkte gar nicht, dass ich sie tat; mich beschäftigte an dem Tag kaum etwas außer dem erleuchteten Fenster eines Hochhauses, in das ich nicht hineindurfte, und meinem Vater oben in einem der Vierecke aus Licht.

Im Fernsehen lief eine Werbung für einen Frischkost-Lieferdienst. Alle möglichen Früchte und Gemüse stachen in hell leuchtenden Farben aus prall gefüllten Lieferkisten hervor, von Familien begeistert beäugt.

Ich sah nicht mehr hin, weil der Soundtrack zu diesen obststrotzenden Bildern ein Popsong war, den ich von früher kannte. Es war ein Spottlied über das amerikanische Flugzeug, das 1945 die erste Atombombe über der japanischen Stadt Hiroshima abgeworfen hatte, was dazu führte, dass siebzig- bis einhundertzwanzigtausend Menschen sofort das Leben verloren und weitere siebzigtausend verwundet wurden.

WUMMS!, wie es im Zeichentrick heißt.

Das Leben ist vollends zum Lifestyle geworden, dachte ich. Früher sind wir zu Demos gegangen. Hatten Albträume bei dem Gedanken, dass unsere Augen in den Höhlen schmelzen. Jetzt spielte sich vor meinen eine ganz neue Art kollektiver Augenschmelze ab, zur Primetime im Fernsehen, und als ich mir das mit offenem Mund anschaute, ging mir auf, warum sich keine Regierung je darum scheren und keine Geschichtsschreibung es je für der Aufzeichnung wert halten würde, geschweige denn sich nur für einen Moment verneigen würde vor dem Sterben und der Hinfälligkeit auch nur eines von Millionen und Abermillionen Menschen, jeder mit seinem jeweiligen generischen freud- und leidvollen produktiven und vertanen, nährenden und unterernährten gewöhnlichen einen Leben beschäftigt; all die Menschen, die genau in diesem Augenblick litten oder starben oder in den letzten anderthalb Jahren gestorben waren infolge der neuesten Seuche und deren tote Seelen in wechselndem Formationsflug über jedem alltäglichen Tag kreisten, durch den wir unterhalb dieser Figurationen irrten, den Kopf voll von dem, was wir für Bestimmung hielten.

Was soll man zu diesem Verlust sagen?

Daneben wird alles trivial.

Ich saß vor dem Fernseher und sah mir die fröhlichen Werbegesichter an.

Eine Saite in meiner Brust riss, ganz so, als wäre ich ein zu straff gespanntes kleines Streichinstrument.

AUTSCH!, wie es im Trickfilm heißt.

Doch dann tat es nicht mehr weh, und von da an

tat nichts mehr weh, und ich scherte mich längst nicht mehr darum, welche Jahreszeit oder welcher Tag es war.

Was meinen Vater betrifft. Ich hatte das kaputte Fenster mit Brettern vernagelt. Hatte den Hund zu mir geholt. Ging regelmäßig zum Haus und hob die Post auf, schaute nach, dass es nirgendwo hineinregnete, das Dach dicht war und die Heizung noch funktionierte.

Ich hatte sein Radio.

Ich hatte seinen Hut und seinen Mantel.

Ich hatte ein paar seiner Bücher.

Ich hatte seine Bankkarte. Die fand ich auf dem Nachttisch, als ich nach dem Krankenhaus das erste Mal hinfuhr, ein Zettel war drum herumgeknüllt, darauf seine PIN-Nummer und die Worte: *Wenn ich sterbe, heb so viel ab, wie du kannst, solange es geht, bevor du ihnen sagst, dass ich tot bin, du wirst es brauchen.*

Ich hatte seine Uhr, die noch ging, zumindest als ich das letzte Mal drauf sah, ihr Band hatte die Form seines Handgelenks, an der Innenseite ein schweißdunkler Fleck und sein Geruch.

Ich hatte seine Brille in der abgegriffenen Brillenhülle mit seinem Namen und der Anschrift des Hauses, in dem er vor dem vorletzten Umzug gewohnt hatte, in seiner gestochen scharfen Handschrift innen vermerkt.

Ich hatte seinen alten Hund.

Mein einsilbiger Vater.

Sein einsilbiger Hund.

Eine schwarze Labradorhündin, die nun ins Alter kam und Arthritis in den Hüften hatte. Den Großteil der Zeit stand sie steif auf den Gehwegplatten im Garten hinter dem Haus und starrte ins Leere, oder sie saß steif und mit dem Rücken zu mir im hinteren Zimmer und starrte durch die Terrassentür in dieselbe Leere im Garten. Sie schlief in meinem Schlafzimmer auf ihrer Decke unter der Heizung, denn wenn ich sie in der Küche ließ, winselte sie die ganze Nacht. Sie fraß, was ich ihr zweimal am Tag hinstellte. Sie wollte Gassi gehen, wollte dann wieder heimgehen, dann wieder Gassi und so weiter.

Ich wusste über diesen Hund, dass ein Hund mit Arthritis mehr über meinen Vater wusste als ich.

Der Hund wusste über mich, dass ich nicht mein Vater war und dazu neigte, mitten in der Nacht aufzuwachen und mich aufzuführen, als gäbe es irgendwo einen Notfall, um den ich mich kümmern musste.

Trotzdem.

Denk mal darüber nach, Sand.

Auftritt der Bücher.

Diese Nacht wache ich nicht atemlos in blinder Panik auf wie sonst um diese Stunde.

Nein.

Irgendetwas an der Geschichte von dem alten Schließmechanismus hatte irgendetwas in mir aufgesperrt:

Klopf klopf.

Wer ist da?, sage ich.

Sage es, als machte ich einen Scherz.

Die Tür geht auf. Es ist eine Mitstudentin, die ich vage aus einem Kurs kenne, eine, die zu der nervig lauten und arroganten Clique vom Rugby Club und den Freiwilligen der Reserve gehört.

Der Kreis meiner Freunde besteht aus den Kunstbeflissenen, wie die vom Rugby Club etc. sie nennen, aus Leuten, die auf der Studentenbühne Stücke über den Holocaust, über Schwule und Atomwaffensilos aufführen, Kurzgeschichten und Gedichte schreiben und mehrmals im Jahr in kleinen Pamphleten herausbringen, die in Filme mit Untertiteln gehen, die mittwochabends im Kunstmuseum gezeigt werden, wo sich die aus der Clique, mit der dieses Mädchen an der Tür meines Zimmers herumlungert, nicht mal blicken lassen würden, wenn sie tot wären.

Wir trinken in ganz verschiedenen Pubs.

Obwohl wir uns oft in denselben Räumen bewegen, kreuzen sich unsere Wege nie.

Hello, sage ich.

Ja, hi, sagt sie. Du bist Sand, nicht?

Sie kommt herein und setzt sich auf mein Bett.

Äh, komm rein.

Bin ich schon, sagt sie und sieht mich an, als hätte ich etwas Verwirrendes gesagt.

Ich muss lachen.

Schweigen.

Möchtest du einen Kaffee?, sage ich.

Nein, danke. Ich brauch bloß deine Hilfe bei was, sagt sie.

Wobei denn?

Ich bin auch in dem Kurs Angewandte Kritik, sagt sie. Ich bin Martina Inglis.

Ja, ich weiß.

Nur in der anderen Gruppe, in der du nicht bist, sagt sie. Diese Woche soll ich in meinem Seminar die Lyrik-Präsentation halten. Du schreibst dasselbe Referat, ich meine über dasselbe Gedicht, für dein Seminar.

Geht's dir gut?, sage ich.

Sie sieht aus, als sei sie den Tränen nah.

Nein, sagt sie.

Ich soll, sagt sie, das Referat, das ich über das uns aufgegebene Gedicht schreibe, *ihr* geben, damit *sie* es auch in dem Seminar vortragen kann, für das sie ihr Referat schreiben soll.

Klar, das wär's doch, sage ich.

Du gibst es mir?

Nein. Das war ironisch gemeint. Warum sollte ich das tun?, sage ich.

Letzte Nacht, sagt sie, konnte ich nicht schlafen. Ich dachte, ich könnte doch von der Farr-Brücke springen. Dann brauchte ich das nicht zu machen.

Aha, sage ich. Aber den dir drohenden Nervenzusammenbruch mal beiseite. Wenn ich dir gebe, was ich schreibe, und dasselbe Referat dann in meinem Seminar halte, das am Tag *nach deinem* Seminar stattfindet, werden alle denken, ich hab von *dir* abgeschrieben.

Ich denke dauernd, ich könnte mich in meinem Zimmer aus dem Fenster stürzen, sagt sie. Ich sehe immer vor mir, wie ich durch die Luft segle.

Du wohnst im Erdgeschoss, sage ich.

Es geht trotzdem noch einiges runter, sagt sie.

Ich muss lachen. Sie lacht auch, sieht dabei aber erst recht so aus, als fange sie jeden Augenblick zu weinen an.

Ich hasse Gedichte, sagt sie.

Warum studierst du dann Englisch?, sage ich.

Sie zuckt mit den Achseln.

Ich dachte, das wäre leicht.

Es ist so leicht, wie du es machst.

Ist es nicht. Und es ist sinnlos, sagt sie.

So eine große Sache ist das Gedicht doch gar nicht, sage ich. Es ist von e. e. cummings. Über den kann man leicht etwas schreiben. Über e. e. cummings kann jeder so ziemlich alles sagen, was er will, ohne dass es ganz falsch wäre.

Ich nicht!, sagt sie. Ich hab es fünfzig Mal gelesen

und keine Ahnung, nicht den blassesten Schimmer,
was dieser beschissene Scheiß bedeuten soll.
Jetzt fließen die Tränen.
Ich krame den Zettel, auf dem das Gedicht steht,
leuchtend lila aus dem Matrizendrucker, unter dem
vielen Zeug hervor, das auf dem Fußboden liegt. Setze
mich neben sie aufs Bett.
Okay, sage ich. Rutsch mal. Schauen wir es uns an.
Mach dich nicht über mich lustig, sagt sie.
Ich mache mich nie über jemanden lustig, den ich
nicht kenne, sage ich.
Lege das Blatt Papier mit dem Gedicht zwischen uns
aufs Bett.

anfangen,zögern;innehalten
(im Zweifel niederknien:dieweil alle
Himmel einstürzen) und dann getrost ein T
ans H anbauen,und lächeln

was könnte schöner sein
(an einem großen dunklen kleinen Tag
lang wie ein Menschenalter, mindestens)
als noch ein A hinzuzutun?

jetzt ist sein Stolz geweckt
(dieses ich das auch du ist)
und nichts weniger als ein treffliches
E kommt genau hin

danach(unser großes Problem fast gelöst)
garnieren wir das Ganze
grandios mit einem entschiedenen
dunklen D; dieweil alle Himmel einstürzen

schließlich vollendet,hier und jetzt
–aber schau: nicht Sonnenlicht?ja!
und(hingerissen auftauchend)
fällen wir unser Meisterwerk

Siehst du?, sagt sie. Nichts davon *bedeutet* irgendwas.
Ich hasse es.
Ein Gedicht hassen? Nicht doch, sage ich. Vergeu-
dung eines starken Gefühls. Sieh dir einfach die Wör-
ter an, sie sagen dir, was sie bedeuten. Das tun Wörter
nämlich.
Was?, sagt sie.
Sie bedeuten etwas, sage ich.
Ja, aber *ich* meine, warum muss das so seltsam ausse-
hen, dieses Hin und Her bei den Abständen?, sagt sie.
Als würde er eine Show abziehen.
Es ist nichts verkehrt daran, eine Show abzuziehen,
sage ich.
Da bin ich sogar deiner Meinung, sagt sie. Obwohl
Tausende das nicht wären.
Es sieht bloß seltsam aus, weil wir bei der Inter-
punktion Leerstellen erwarten, sage ich. Wir erwar-
ten, dass Interpunktion und Syntax diese Erwartungen

48

erfüllen. Aber warum eigentlich? Warum haben wir überhaupt Konventionen?

Wir kämen ohne doch gar nicht zurecht, sagt sie.

Nein, ich brauche keine Antwort auf diese Frage, sage ich.

Oh, sagt sie.

Ich greife nur eine Frage heraus, die der Sprecher des Gedichts stellt, sage ich.

Der Sprecher des Gedichts, sagt sie. Du meinst, der Dichter. Oder soll das heißen, da spricht noch jemand anders? Ich verstehe überhaupt nichts.

Ich meine denjenigen, an den du denkst, wenn du das Gedicht liest, wenn dieses Menschliche, das du aller Seltsamkeit zum Trotz ja doch heraushörst, wenn die Bedeutungen, die du wiederzuerkennen scheinst, sogar durch den Schleier des Seltsamen hindurch, wenn dies alles auf dein Auge und deinen Geist trifft, sage ich.

Was?

Sie sieht mich an, verzweifelt, unter Tränen.

Hier zum Beispiel, sage ich, wo das Gedicht *ich das auch du ist* sagt. Es geht also auch um dich.

Um mich?, sagt sie.

Wer auch immer das *du* ist, das es liest, sage ich. Um mich genauso.

Ich kapier's nicht, von Anfang an nicht, sagt sie. Die erste Zeile, was soll das heißen, anfangen, dann zögern und dann innehalten?

Es bedeutet mehr oder weniger das, was du eben selbst gesagt hast, sage ich. Es hat dich dazu gebracht, zweimal hinzusehen, zu zögern, sogar innezuhalten.

Stimmt, sagt sie. Ja, das stimmt. Aber warum *im Zweifel niederknien?* Oder das mit den einstürzenden Himmeln?

Na, du bist doch diejenige, die davon spricht, sich von der Brücke und aus dem Fenster zu stürzen. So sehr macht dir zu schaffen, dass du etwas nicht verstehst. Als ob dein Himmel eingestürzt wäre, würde ich meinen.

Sie reißt die Augen auf.

Oh, sagt sie.

Wischt sich die Nase ab.

Und das Niederknien, was soll das?, sagt sie. Wer kniet im Zweifel nieder? Und warum?

Na ja, sage ich, ums Zweifeln geht es in dem Gedicht eindeutig, um Zusammenbruch auch und vielleicht um Mächte, die himmelhoch sind, ich meine, größer als der Mensch, Mächte, bei denen es angezeigt sein kann, ein Gebet zu sprechen. Und vielleicht, das Gedicht deutet es an, gibt es eine Möglichkeit, mit dem zweifelnden Niederknien aufzuhören und mehr Gewissheit zu finden. Zumindest kann man das daraus schließen.

Schließen, sagt sie.

Sieh dir mal an, wie es nach dem einstürzenden Himmel weitergeht, sage ich.

Ich zeige ans Ende der dritten Zeile.

Mit getrost, sagt sie.

Zweifel, gefolgt von neuem Vertrauen, sage ich.

Ist das der Grund, weshalb der Zweifel und der einstürzende Himmel in Klammern stehen?, sagt sie.

Keine Ahnung. Könnte gut sein, sage ich.

Und warum steht es dann in *einem* Teil des Gedichts in Klammern, später, als es noch einmal wiederholt wird, aber *nicht*?, sagt sie.

Klammern bedeuten Einschließung, sage ich. Etwas wird abgeteilt, separiert, vielleicht nicht notwendigerweise. Der Dichter will offenbar, dass der Himmel erst einstürzt, damit er umschlossen und dann freigelassen werden kann, damit er später im Gedicht umso deutlicher ins Auge springt.

Ins Auge springt, was soll das bedeuten?, sagt sie.

Es bedeutet ins Auge springt, sage ich.

Gut.

Und dieses getrost anbauen, wie soll man das verstehen?, sagt sie.

Hmm. Als Abgeben der Kontrolle? Weil das Geschehen im Gedicht an sich ein Lernprozess ist?

Okay, ja, aber was, wenn das, was wir getrost anbauen können, bloß zufällig aneinandergereihte Buchstaben sind wie die in dem Gedicht?, sagt sie. Wo ist da das Vertrauensvolle, was lernt man daraus?

Verstehe, sage ich. Aber: Die geschriebenen Wörter, alles, womit wir Bedeutungen erzeugen, wenn wir geschriebene Sprache verwenden, das sind *alles* nur zufällige Buchstaben, nicht?

Sie reißt die Augen auf.

Ja!, sagt sie.

Ich schaue mir noch mal das Gedicht auf dem Blatt an. Es sieht aus, als stürzten Buchstaben zufällig über die Seite, darum geht es. Sie fallen einzeln durch das Gedicht bis hinab zur vorletzten Strophe.

Vielleicht möchte das Gedicht, dass wir der Bedeutungslosigkeit vertrauen oder auf etwas vertrauen, das keine Bedeutung hat?, sagt sie.

Yep. Möglich. Es bittet uns aber auch, dem Stürzen zu vertrauen, wenn schon nicht dem des Himmels, dann dem der Buchstaben T und H und danach A, E und D, sage ich.

A und E, ich weiß, was das heißt, sagt sie.

Das wärst du jetzt, wenn du von der Brücke gesprungen wärst, sage ich.

Ja, und D ist die Note, die ich für das Referat kriege, sagt sie. THAED. *Thead.* Das ist nicht mal ein Wort.

Außer, sage ich, als Anagramm. Wenn man so will. Buchstabier es mal rückwärts.

Oh!, sagt sie. Es ist – DEATH! oder? – es ist *death!*

Ich lächle. Sie lächelt auch, grinst mit vor Staunen offenem Mund.

Dass du das *erkannt* hast!, sagt sie.

Hab ich nicht, bis eben nicht, sage ich. Erst als ich es mir mit dir angesehen habe. Und jetzt lächelst du über den Tod. Da kann man mal sehen, was ein Gedicht auslösen kann.

Wow, sagt sie. Das ist genial. Aber Tod andersherum, was soll das bedeuten? Sollen wir dem Tod *vertrauen*?, sagt sie.

Glaub schon, sage ich. Aber nicht dem Tod an sich. Dem Tod andersherum, wie du sagst. Einem Tod, der kein gewöhnlicher Tod ist.

Du schon wieder, sagt sie. Wie der Straßenmusiker vor dem Marks & Spencer, und die Bedeutungen der Dinge regnen auf dich nieder wie Münzen.

Sturz der Bedeutung, sage ich. Sturz des Verstehens. Und hier, sieh dir mal den Schluss an. Wo es heißt, dass Vollendung sogar in dem sein kann, wie wir unseren eigenen Zerfall verstehen, na ja, vollenden, das Wort kann so etwas wie Ende bedeuten oder Tod an sich. Aber zu der Auflösung kommt auch, schau, die Überraschung. Sonnenlicht.

Sie schüttelt den Kopf.

Und dann das Wort ja, sage ich. Mit Ausrufezeichen.

So viel Positives. Im Tod?, sagt sie.

Im Tod rückwärts, sage ich. Andersherum, um dich zu zitieren.

THAED, sagt sie. Er spielt ein Spiel mit uns.

Eins mit hohem Einsatz, sage ich.

Ich schreibe H T A E D neben das Gedicht aufs Blatt Papier.

53

Ich glaube, dass er T und H zu Beginn des Gedichts richtig herum bringt, soll uns den Einstieg erleichtern, sage ich. Sonst ließe sich das Auge womöglich dazu verleiten, das Wort als *hated* zusammenzufügen und nicht als *death*.

Ja, so wie ich das Gedicht hasse, sagt sie.

Tust du das immer noch?, sage ich.

Aber sie hört nicht zu, sie hat das Blatt Papier mit dem Gedicht in der Hand und dreht es herum.

Er sagt, der Tod ist ein Spiel, sagt sie. Was er nun wirklich nicht ist.

Oder sagt er, etwas spielerisch angehen, das geht sogar in Zeiten entsetzlichen Zweifelns?, sage ich.

Ah, das gefällt mir.

Sogar wenn es ein düsterer Tag ist und der Himmel einstürzt und Dinge und Wörter und alles, was sie bedeuten, ringsherum in Stücke gehen.

In Stücke gehen, sagt sie. Spielerisch angehen.

Sie greift über mich hinweg, nimmt einen Stift von meinem Schreibtisch und schreibt

SPIELERISCH   ZWEIFEL   STÜCKE

auf ihren Handrücken.

Und am Ende dieses Prozesses, schau, sage ich.

Zeige auf den Schluss des Gedichts.

Die Sonne, sagt sie. Die aufgeht.

Tagesanbruch. Ganz zuletzt ist das Stürzen im Grunde keines, sondern ein, ein, ich weiß auch nicht, ein Anbeginn. Ein Aufbruch.

Ja, sagt sie. Ob das vielleicht sogar ein religiöses Gedicht ist?

Für die Lesart hättest du gute Argumente, ja, glaub schon, sage ich.

Wirklich?, sagt sie.

Sie sieht erfreut aus.

Danke, sage ich. Ohne unser Gespräch hätte ich niemals gemerkt, was da alles drinsteckt.

Sie steht auf.

Die haben mir gesagt, du wärst supergescheit, sagt sie.

Wer die?

Sie haben mir auch geraten, nicht dich zu fragen, weil du dich an mich ranmachen könntest, sagt sie.

Keine Sorge. Ich schlafe nur mit Leuten, wenn ich sie attraktiv finde und sie umgekehrt mich auch, sage ich.

Aber du bist echt gut bei solchem Zeug, sagt sie. Fast cool, eigentlich. Obwohl es total uncool ist.

Noch mal danke, sage ich.

Ich sag's nicht gern, aber zusammen sind wir ziemlich gut, sagt sie.

So weit würde ich nicht gehen.

Mir geht's jetzt viel besser, sagt sie. Wie ist das nur möglich?

Den Gedanken freien Lauf zu lassen, sage ich, bringt auf die eine oder andere Art immer was.

Also, sagt sie. Nachdem wir jetzt Freunde sind.

Wenn du es aufschreibst, kann ich eine Kopie davon haben?

Nö, sage ich.

Nein? Obwohl du gesagt hast, du hättest nicht gemerkt, was da alles drinsteckt, wenn du nicht mit mir gesprochen hättest?

Schreib auf, was du davon noch weißt, wenn du wieder in deinem Zimmer bist, sage ich. Den Rest erfindest du. Ich garantiere dir, unsere Referate werden vollkommen verschieden ausfallen. Wir haben ja bloß an der Oberfläche des Gedichts gekratzt.

Wie Schlittschuhkufen auf einer Eisbahn, sagt sie. Du schreibst Gedichte und so Zeug, oder? Du könntest mir ein Gedicht schreiben, das wie eine Eisbahn ist.

Warum sollte ich?, sage ich.

Wusstest du, dass ich eine ziemlich gute Eiskunstläuferin bin?, sagt sie. Ich hab schon Medaillen gewonnen.

Nö, sage ich.

Du bist bestimmt psycho, sagt sie.

Ich werfe einen Blick auf meine Armbanduhr, damit sie merkt, dass sie gehen soll.

Das kriegst du schon hin, sage ich. Zu einer einzelnen Wendung aus dem Gedicht kann man doch fünfzehn verschiedene Referate schreiben, das schafft jeder.

Prompt vergisst sie, was für eine tolle Eiskunstläuferin sie ist, und sieht wieder verängstigt aus, wendet den Blick ab.

Ich werd mir nicht merken können, worüber wir gesprochen haben, sagt sie. Und etwas erfinden kann ich nicht.

Spiel ein bisschen herum, sage ich. Mir kommst du sehr spielerisch vor.

Ach?, sagt sie. Wirklich?

Ja, sage ich. Und nun. Geh.

Ein bisschen herumspielen, ein bisschen herumspielen, murmelt sie vor sich hin.

Und nicht von der Brücke springen, jedenfalls nicht diese Woche, sage ich. Oder erst, wenn du jemand anders um Hilfe bei einem anderen Referat gebeten hast.

Irgendwann helfe ich dir mal bei irgendwas, sagt sie.

So wird es sein, sage ich.

Verrat niemandem, dass ich hier war, sagt sie.

Dein Geheimnis ist bei mir sicher, sage ich. Solange du niemandem verrätst, was alle hinter meinem Rücken über mich sagen.

Abgemacht.

Bye.

Bye.

Sie schließt die Tür hinter sich.

Viele Jahre später, ich lag im Bett und sah, wie das Frühlingslicht um die Lampe an der Decke meines gemieteten Zimmers kroch, wusste ich von dieser Zeit, als ich daran zurückdachte, nur noch:

dass ich einmal, lang, lang war's her, einer praktisch Fremden, die mich an dem Tag angerufen hatte, beim Analysieren eines Gedichts half, das wir beide als Hausaufgabe am College aufbekommen hatten,

dass die Fremde in Panik war, weil sie das Gedicht nicht kapierte,

dass es ein Gedicht des amerikanischen Schriftstellers e. e. cummings war. Damals mochte ich ihn.

Inzwischen wusste ich aber, dass er McCarthy unterstützt und dessen Hexenjagd auf amerikanische Intellektuelle befürwortet hatte.

Inzwischen wusste man auch, dass sich zwischen all den kraftvoll leuchtenden und sinnlich revolutionären Liebesgedichten, all dem, was er neu vermessen hatte, Wörter, Zeichensetzung, Grammatik, Denkmöglichkeit und Bedeutung, offen sexistische und rassistische Verslein befanden.

Seufz.

So war das Leben. Alles suspekt. Nichts makellos.

Welches Gedicht war es noch, das wir damals als Hausaufgabe aufbekommen hatten?

Es handelte von den Buchstaben des Wortes *death*, die zwischen den Zeilen herabstürzen.

Death andersherum.

Von Martina Inglis wusste ich bloß noch, dass wir, nachdem sie zu mir gekommen war, um mich auszufragen, kein einziges Wort mehr gewechselt hatten, die ganze restliche Zeit am College nicht.

Ich hatte sie ab und zu von Weitem gesehen, in einem Hörsaal, in der Mensa, en passant in der Bibliothek.

Wenn sie mich auch sah, ignorierte sie mich.

Von mir aus. Ignorierte ich sie halt wieder.

Und jetzt, so weit in der Zukunft, ging es mir so gut wie schon eine ganze Weile nicht. Ich dachte seit mindestens einer halben Stunde nicht mehr daran, dass mich nichts mehr kümmerte.

Sondern an die Windung einer gewöhnlichen Treppe in einer Bibliothek und an das aus dem Fenster darüber einfallende Licht.

Ich dachte an einen Tag, einen sonnigen Nachmittag, als ich Studentin war und zu einer alten Schlossruine außerhalb der Stadt gefahren war, zu der sonst anscheinend nie jemand kam, zumindest nicht, wenn ich dort war. Es gab keinen Wärter, es waren bloß ein paar Steinmauern und Treppen ohne ein Dach darüber, ringsum Rasen. Im Innern war auch bloß Rasen.

Normalerweise war ich mit Freunden dort, an dem Tag aber allein hingefahren. Ich war die steinerne Wendeltreppe bis ganz nach oben gestiegen und hatte in einer geschützten Ecke der frei stehenden Mauern ein sonniges Fleckchen gefunden.

Seht mal, das bin ich, ich sitze auf Stein, zehn Meter hoch in der Luft, den Rücken an noch mehr Steine gelehnt, und lese zum Vergnügen einen Roman, der *Vorsätzlich Herumlungern* heißt, lese ihn in der Ruine des Schlosses, das einem längst verstorbenen Reichen gehörte, einem Menschen, der es nicht für möglich gehalten hätte, dass sein Haus eines Tages ohne Dach dastehen würde – damals tendenziell *sein* Haus und nicht *ihr* Haus, jede Wette –, und der sich nicht hätte träumen lassen, dass die Sonne eines Tages ungehindert auf dieses Mauereck scheinen würde, geschweige denn, dass jemand, der damals für ihn treppauf und treppab gehastet wäre, an diesem sonnigen Tag hier sitzen und zum Vergnügen ein Buch lesen würde.

Der Geist eines denkbaren früheren Ichs läuft in der frühmorgendlichen Kälte um fünf die Treppe hinunter, reinigt die Feuerstelle und schürt ein Feuer an, bevor der Herr aufsteht.

Der Geist eines späteren früheren Ichs lehnt an der Steinmauer und kann über das aufgeschlagene Buch hinweg meilenweit in die Landschaft sehen.

Und hier, in einer noch späteren Zukunft, schlummerte ich nach kurzer Zeit ein. Ich hatte in der Nacht zuvor mühelos tief und fest geschlafen, hatte einen herrlichen Traum gehabt, einen von der Sorte, die dem Träumer so gut gefällt, dass er sich, obwohl er weiß, dass er schläft und träumt, fest vornimmt, den Traum beim Aufwachen auf keinen Fall zu vergessen.

In dem Traum trug ich ein Wolfsfell am Körper und den Wolfskopf auf dem Kopf, sodass ich, hätte ich in einen Spiegel gesehen, zwei Köpfe gehabt hätte, einen auf dem anderen. Das Wolfsfell, wurde mir in dem Traum klar, war aber keine leere Hülle. Es war ein lebender Wolf, der sich um meine Schultern gelegt hatte, nicht mal so schwer, sondern warm und entspannt, so als lasse er sich gern huckepack tragen.

Beim Aufwachen wusste ich, dass ich seit dem Tod meiner Mutter nie mehr einen Wolf als Reisegefährten gehabt hatte. Und das ist lange her.

Hallo, Wolf, sagte ich in dem Traum. Wo hast du gesteckt, alter Freund?

Sieh dir die Wolfaugen an. Sie wechseln im Spiegel einen Blick mit mir, seinem inneren Schaf.

Tod andersherum:

Sie schieben den Rollstuhl mit meinem Vater darin schließlich aus dem Korridor und in ein Zimmer neben dem Gang. LAGERRAUM steht an der Tür, und ein Lagerraum ist es auch noch, unter den Regalen voller Sachen stehen jede Menge Apparate, und an die wird mein Vater angeschlossen.

Das, was ich vom Gesicht der jungen Ärztin sehe, ist grau vor Müdigkeit, und doch ist sie freundlich, nimmt sich für mich Zeit und steht, allerdings mit Abstand, mit mir am Eingang zu der Station, hinter dem ich meinen Vater durch die Tür des alten Lagerraums im Bett sehe, seinen Kopf von der Seite sehe, die Sauerstoffmaske auf seinem Gesicht.

Der Pförtner, der uns ins Gebäude geholfen und zwischen den Patienten auf den fahrbaren Krankenhausbetten eine freie Stelle aufgetrieben hat, an der wir warten konnten, hat mir gesagt, man habe eben einen *frisch Verstorbenen* aus dem Lagerraum gebracht, und das ist unser Glück.

Die Ärztin erklärt mir viele Dinge. Dann sagt sie:

Sie können nicht hierbleiben. Tut mir leid. Wir halten Sie auf dem Laufenden.

Kommt er wieder in Ordnung?, frage ich sie.

Sie sieht mich direkt an.

Es steht auf Messers Schneide, sagt sie.

Dann bittet sie mich um Verzeihung und entschuldigt sich. Wendet sich dem zu, wo sie als Nächstes gebraucht wird.

Sie steckt, merke ich erst jetzt, offenbar in einem Müllsack.

Eine andere Frau kommt an die Tür und bittet mich zu gehen. Auch sie steckt in einem Müllsack.

Sind Sie immer noch so knapp mit allem?, sage ich.

Wann wäre es je anders gewesen?, sagt sie.

Wir rufen Sie an, sagt noch jemand anders, der auch einen Müllsack anhat.

Ich schiebe die Hände in die Taschen, habe aber keine Ahnung, was ich mit dem Autoschlüssel gemacht habe.

Die Assistenzärztin, die schon woandershin unterwegs ist, hat mein Erschrecken offenbar gespürt. Sie ruft durch den Flur.

Starten Sie Ihr Auto mit Schlüssel? Ich wette, wenn Sie zurückgehen und nachsehen, steckt der Schlüssel noch in der Zündung.

Sie hat recht. Als ich die Stelle suche, an der ich das Auto gelassen habe, ragt es mit noch laufendem Motor und hinten offener Tür, als wäre eben jemand ausgestiegen, halb aus der Parkfläche heraus.

Ich schließe die offene Tür. Steige vorn ein. Setze

zurück, fahre ein Stück vorwärts, parke das Auto anständig.

Schalte den Motor aus. Bleibe ein Weilchen sitzen.

Starte den Motor wieder.

Ich habe keine Ahnung, wohin ich fahren soll.

Zwölf Stunden früher.

Während wir zwischen dem einen und dem anderen, damit meine ich, zwischen dem, was gerade mit seinem Herzen passiert ist, und dem, was noch geschieht, auf den Krankenwagen warten, der nicht wird kommen können, weil es nicht genug Krankenwagen gibt und viele andere Notfälle genauso dringend sind, sieht sich mein Vater die Decke an, die ich ihm über die Beine gebreitet habe, wirft sie von sich, als verbrenne er sich daran, und hat sich, ehe ich ihn daran hindern kann, aus dem Sessel auf den Boden gerollt und will sich am Nachttisch hochziehen. Ich schreie auf.

Er sagt, er müsse mit dem Hund Gassi gehen, er gehe immer um diese Zeit mit dem Hund Gassi, er müsse jetzt unbedingt mit dem Hund Gassi gehen.

Das lässt du schön bleiben, Dad, sage ich, es ist halb fünf morgens, guck, noch dunkel, so früh gehst du mit dem Hund nicht raus.

Sein ganzer Körper erschlafft, er lässt den Nachttisch los und plumpst wie ein Sack auf den Boden.

Dann rudert er mit einem Arm hinter seinem Rücken herum und zieht einen Schuh unter dem Bett hervor. Schiebt den bloßen Fuß halb in den Schuh. Den Rest des Fußes bringt er nicht hinein.

Er sagt etwas.

Ein Mädchen. Ein Mädchen wird wandern, nein, sich wundern. Ein Mädchen, das immer Hallo zu ihm und dem Hund sagt, sie kommt unter der Woche mit dem Fahrrad auf seinem Gassiweg an ihm vorbei. Unter der Woche, das ist ihm offenbar wichtig. Dann fragt er mich, was für einen Tag wir heute haben.

Das geht nicht, sage ich.

Er schüttelt den Kopf.

Sagt etwas.

Freu.

Dann sagt er:

Angefreundet.

Er erzählt mir, als käme es darauf jetzt an, sie habe eines Tages gegrüßt, als sie vorbeifuhr, und am nächsten Tag habe er zurückgegrüßt, und jetzt grüßen sie sich unter der Woche jeden Tag.

Gest, sagt er.

Gehst?

Geste, sagt er.

Dad, sage ich. Sei nicht albern. Du gehst nirgendwohin.

Dann sagt er, ich soll das Geschirr, das unten in der Küche in seiner Spüle steht, nicht spülen, weil ich das nie ordentlich mache und es bei mir nie richtig sauber ist.

Dann verstummt er.

Er sitzt zur Seite gekippt auf dem Boden, die Arme um die Beine des Nachttischs gelegt. Der Schuh ragt komisch von seinem Fuß in die Höhe.

Ich stehe davor und fuchtele mit den Armen in der Luft herum.

Bin, wie immer, zu nichts zu gebrauchen.

Drei Stunden früher.

Halb zwei in der Nacht.

Mein Handy summt. Mein Vater hat mir eine SMS geschickt. Sie lautet:

Kann nicht gehen.

Die letzten Male, die wir telefoniert haben, sprach er davon, sich zu verkleinern. Wozu denn?, hatte ich gesagt. Dein Haus ist doch prima.

Mir ist nach Veränderung, sagte er.

Das ist ein bisschen vage, sagte ich.

Da ist gar nichts vage, sagte er. Ich möchte einen Neuanfang machen.

Mitten in einer Pandemie und mit fast achtzig möchtest du einen Neuanfang machen, sagte ich.

Für Häuser bekommt man im Augenblick richtig gutes Geld, sagte er. Häuser mit Garten.

Du magst deinen Garten.

Ich hätte gern einen größeren Garten, sagte er. Und ein kleineres Haus.

In deinem Alter?

Was hast du für ein Problem damit, dass ich mein eigenes Leben leben will?, sagte er. Du hast auch immer dein eigenes Leben gelebt hat, so richtig –

Ich weiß, er denkt das Wort egoistisch.

Mein Problem ist, dass ich es bin, die die Arbeit mit dem Umzug haben wird, sagte ich. Und mit der Gartenarbeit.

Darauf er: Genauso wird es sein. Wo du noch keinen Tag in deinem Leben richtig gearbeitet hast.

Darauf ich: Umziehen gehört zu den fünf anstrengendsten Dingen, die man im Leben tun kann.

Darauf er wieder: Von *dir* verlange ich gar nichts. Ich hätte den Mund halten sollen.

Er legte auf.

Jetzt lese ich die Worte auf meinem Handybildschirm. Kann nicht gehen. Gut. Er ist zur Vernunft gekommen. Aber normalerweise geht er um zehn zu Bett. Er ist also mitten in der Nacht noch auf und stresst sich mit dieser Umzugsidee.

Ich simse zurück.

Brauchst du doch auch nicht. Es ist dein Haus, es gehört dir & du hast es schön, wo du bist.

Er antwortet.

Nein nicht wegziehen, wie eine Python um die Brust, krieg keine Luft.

Ah.

Oh Gott.

Okay.

Ich rufe beim Rettungsdienst an. Sie sagen, es gebe Verspätungen bei den Rettungswagen.

Ich soll nicht kommen, aber ich werfe mir eine Tasche mit Sachen über die Schulter. Steige ins Auto und fahre hin. Lasse das Auto im Halteverbot unweit seines Hauses zurück und stehe vor der Tür. Sein Haus liegt im Dunkeln. Der Hund hört mich, bellt ein paarmal.

Ich simse meinem Vater und sage, ich sei da.

Er zurück:

Komm nicht rein, könnte Virus sein.

Ich zurück:

Komme rein.

Er zurück:

Kette vor der Tür.

Ich zurück:

Komme hinten rum & schlag Küchenfenster ein.

Er zurück:

Handwerkermangel keine Reparatur, sei nicht dumm.

Mein Vater sorgt sich mitten in einem Notfall mehr um Glaser und sein Haus statt um sich selbst.

Ich wühle ein Stück Ziegel aus dem Blumenbeet vor dem Haus, gehe nach hinten und werfe ihn ins Küchenfenster.

Zwei Jahre früher.

Mein Vater wartet auf dem Weg neben einem Stapel gefällter Bäume in einer Lichtung auf mich. Es ist sein Geburtstag. Er ist ganz der Alte, also wie immer, nur eben nicht mehr jung. Der Geruch von geschlagenem Holz liegt in der Luft, rings um den Stapel ist die Erde zu Matsch zertreten und mit Spänen übersät.

Da hat jemand gewusst, was er tut, sagt er und tätschelt den obenauf liegenden Stamm. Der hier ist so alt wie ich. Ich hab sie nachgezählt, die, die, du weißt schon.

Jahresringe, sage ich.

Ich bücke mich und hebe ein Stück vom Inneren des Stamms auf, so groß wie meine Hand. Das Holz ist so hell und riecht so frisch, dass ich es mir an die Nase halte, bevor ich es in die Tasche stecke.

So soll Holz aussehen, sage ich. Was aus dem wohl mal wird.

Damit lässt sich was anfangen, sagt er.

Feuerholz, sage ich.

Viel zu gut für Feuerholz, sagt er. Das werden sie als Bauholz nehmen.

Für Betten, sage ich. Balken.

Nein!, sagt er, als sollte ich es eigentlich besser wissen. Das ist Buche. Die arbeitet. Das beste Holz für Innenräume. Für Böden, Schreinerarbeiten. So was.

Mir fällt wieder ein, ich soll eigentlich nichts sagen, sondern bloß neben ihm hergehen, zustimmen.

Gute Ware, sagt er.

Ich überleg ja immer, sage ich trotzdem, ob die

Bäume im Wald nicht durchdrehen, wenn jemand vor ihren Augen ihre Nachbarn fällt.

Red keinen Unsinn, sagt er.

Sieht sich nach dem Hund um.

Los, komm, sagt er zum Hund, nicht zu mir. Gehen wir.

So glücklich, glücklicher Baum, sage ich.

Er ignoriert mich.

Ich weiß, er denkt an das Gartencenter auf der anderen Seite des Waldes, in das wir immer gehen, wenn wir diesen Spaziergang machen, und die Tagessuppe essen, die auf der Karte steht. Gleich wird er sagen:

Ob es heute bei denen die gelbe Fischsuppe gibt?

Doch als wir dem Weg nach der Biegung weiter folgen, sagt er:

Glücklich sein, über solchen Quatsch brauchen Bäume nicht nachzudenken. Es sind bloß Bäume.

Und fünfzig Meter weiter sagt er:

Einen glücklichen Baum, so was gibt es nicht.

Das ist aus dem Gedicht, sage ich, von Keats, genau darum geht es da, um einen Baum im Winter, der sein Sommergrün nicht entbehrt, weil Bäume sich nicht erinnern und nichts bedauern. Deswegen sind sie ja glücklich, sie sind nämlich einfach weiter Bäume und tun, was Bäume tun. Bis, weißt du, jemand sie fällt.

Ich warte einen Augenblick. Dann sage ich:

Das Bild, das ich in mühevoller Kleinarbeit gemalt

und dir voriges Weihnachten geschenkt habe, ist eine Visualisierung des Gedichts von Keats, aus dem die Zeile stammt.

Schweigen.

Dann sagt er:

So viel gelernt und verplemperst dein Leben damit, Wörter Herrgott noch mal über Wörter zu malen, so dass man die noch nicht mal lesen kann.

Danke für die Kritik, sage ich.

Woher soll ein Mensch überhaupt wissen, dass die Wörter auf dem Bild *drauf* waren? Oder überhaupt Wörter?

Sind sie aber, sage ich. Sie sind alle drauf. Es ist das Bild eines Gedichts und aller Wörter dieses Gedichts.

Visualisierung, sagt er. Ein breiter Streifen Grün, weiter nichts.

Grün ist die einzige Farbe, auf die Keats in dem Gedicht direkt zu sprechen kommt, obwohl es ein Wintergedicht ist, sage ich. Grüne Seligkeit.

Visualisierung, sagt er. Warum malst du nicht gleich einen Baum, statt Wörter eines Gedichts über einen Baum zu malen?

Das wird der Grund sein, warum das Bild, das ich dir geschenkt habe, noch in deiner Garage unter dem alten Sweatshirt liegt. Und das Sweatshirt klebt jetzt bestimmt an der Ölfarbe, und das Bild ist ruiniert. Das weißt du, oder? Ruiniert.

Als du größer wurdest, dachte ich immer, dieses

Kind, das wird mal die Welt verändern. Du hattest alle Möglichkeiten. Aber du hast getan, was du wolltest. Hast du immer.

Weißt du, Dad, ich hätte dieses Bild von mir, das ich dir geschenkt habe, schon einige Male verkaufen können, wenn ich gewollt hätte, und hätte einige Hundert Pfund dafür gekriegt, sag ich.

Nimm's dir wieder, sagt er. Nimm es. Verkauf es. Hol dir dein Geld dafür.

Ja, und das Sweatshirt verkaufe ich mit dazu, im Paket. Wir könnten eine Firma gründen, du und ich. Ich kümmere mich ums Malen und du ums Ruinieren, und wir profitieren beide davon.

Eine Firma gründen, sagt er. Du! Dass ich nicht lache.

Ich komme zurecht, Dad, sage ich.

Kein Antrieb. Kein Ehrgeiz.

Ein anderer Antrieb. Ein anderer Ehrgeiz, sage ich.

Wir wissen beide, dass wir davon sprechen, was meine für ihn, im 21. Jahrhundert, in einer Welt neuer Freiheiten und toleranter Auffassungen, nach wie vor verkehrte Sexualität ist.

Was du für ein Leben hättest haben können, sagt er. Aber nein. Halbtagsjobs. Um deinen Unsinn zu finanzieren. Visualisierungen.

Mir gefällt mein Leben, sage ich. Ich habe es mir ausgesucht.

Ein Leben, in dem du darauf wartest, dass Farbe

trocknet, damit du noch mehr Farbe auf die Farbe malen kannst, sagt er. Wovon du eines oder, wenn du großes Glück hast, zwei im Jahr verkaufen kannst.

Um Geld geht's mir nicht, sage ich. Das ist ein Korsett.

Wörter, die jemand anders geschrieben hat, übereinander malen. Welchen Sinn soll das haben?

Der Sinn ist, sage ich, dass die Wörter da sind, ob man sie lesen kann oder nicht.

Richtig dämlich, sagt er.

Schweigen.

Wir gehen im Graugrün des Frühlings weiter den Weg entlang.

Nach zehn Minuten Schweigen sagt er:

Deine Mutter mochte Bäume.

Hm, sage ich.

Mein Vater mag meine Mutter jetzt viel mehr als zu ihren Lebzeiten.

Besonders gut hat ihr immer eine Reihe Pappeln aus der Ferne gefallen, sagt er.

Ja, sage ich. Ich erinnere mich.

Es hat ihr immer gefallen, wenn die so am Straßenrand stehen, wie man es von Pappeln kennt, sagt er.

Gut zu wissen, sage ich.

Einen gescheiten Baum, den mochte deine Mutter, sagt er.

Drei Jahrzehnte früher.

Mein Vater in jünger sitzt auf dem Beifahrersitz und lässt mich in jünger seinen Minivan zu dem Studentenwohnheim fahren, in dem man mir für mein erstes Jahr an der Universität in einer hundert Meilen entfernten Stadt ein Zimmer zugeteilt hat. Die Führerscheinprüfung habe ich vor einem halben Jahr gemacht. Als ich das erste Mal allein mit dem Auto unterwegs war, habe ich es im Rückwärtsgang gegen ein Vorfahrtsschild gesetzt und den Stoßdämpfer und den Kofferraum ruiniert. Er würde mich nie wieder auf den Fahrersitz lassen, schwor er. Und daran hat er sich bis heute gehalten.

Als wir da sind, durch den von Bäumen gesäumten Weg gefahren und auf dem Parkplatz des Wohnheims stehen, meine Koffer und Taschen ausgeladen und die drei Treppen hinauf in das perfekt geschnittene kleine Zimmer geschleppt haben, dem Start meines Lebens fern von zu Hause, wird er in der Tür stehen, auf die Uhr sehen und sagen:

Also dann. Gehen wir. Du bringst mich zum Bahnhof, und wenn du das schaffst, ohne den Wagen zu beschädigen, und so gut fährst wie den ganzen Weg hierher, dann –.

Er wird mir den Autoschlüssel hinhalten und gehört er dir für die Jahre, die du hier bist, sagen.

Was?

Du wirst ein Auto brauchen, wird er sagen. Mit

dem du heimkommen kannst. Regelmäßig. Na ja, ich meine, wann immer du willst oder es für nötig hältst, ich meine, nicht dass du musst.

Aber, Dad, werde ich sagen. Das Auto brauchst du doch. Für die Arbeit.

Wird Zeit, dass ich mir ein neues anschaffe, wird er sagen. Ist ein guter Vorwand.

Kommt nicht infrage, werde ich sagen. Das kannst du nicht machen. Das können wir uns nicht leisten.

Tu ich aber, wird er sagen.

Und mir den Schlüssel zuwerfen, den ich nun fangen muss.

Los, komm. Zum Bahnhof, damit ich den Vier-Fünfzehner kriege.

Doch bevor all das passiert, wir sind noch unterwegs, haben erst die halbe Strecke hinter uns, ich am Steuer und er neben mir auf dem Beifahrersitz, die Hand über der Handbremse, da sagt er, ohne mich anzusehen:

Sag mal was. Erzähl mir von, ich weiß nicht. Irgendwas, du weißt schon. Davon, wie das …

Wie was?, sage ich.

Wie das mit den Wörtern ist, sagt er.

Oh.

Mein Kopf ist wie leergefegt. Ich schaue mir an, wie das Heck des vor uns fahrenden Autos die Sonne reflektiert. Die Spiegelung blendet mich. Ich halte die Hand vor meine Augen.

75

Erzähl mir etwas von heute, sagt er. Egal was.

Äh, sage ich.

Er dreht gleich den Ton des Kassettenspielers leise. Wings at the Speed of Sound. Wir haben eben den Song gehört, der mit dem Läuten einer Türklingel anfängt und davon handelt, dass in einem fort Leute an eine Tür kommen, die einen klingen wie welche aus derselben Stadt oder sind Familienangehörige, andere klingen, als wären es historische Gestalten, denn der eine, der in dem Song an die Tür kommt, ist Martin Luther. Und der Song fordert alle, die ihn hören, dazu auf, die Tür zu öffnen und die Leute einzulassen.

Stell dir vor, sage ich, all die Leute aus dem Song stehen bei dir vor der Tür. Stell dir vor, Martin Luther steht davor.

Nix wie aufmachen, ehe er sie als Anschlagtafel benutzt, sagt mein Vater.

Oder Martin Luther King ist gemeint, sage ich.

Den lässt du auf alle Fälle rein, sagt mein Vater. Wirklich ein tapferer guter Mann. Nein, lass alle rein. Wer auch immer es ist. Ehre stets jeden, der an deine Tür kommt.

Was, wenn man sie nicht leiden kann?, sage ich. Was, wenn da welche an der Tür sind, die dich zusammenschlagen oder, ich weiß nicht, dir dein Haus wegnehmen oder dich beseitigen wollen, weil du nicht dieselbe Religion oder Hautfarbe oder Sexualität hast wie sie? Was, wenn du wegen irgendwas auf der Hassliste von irgendwem stehst?

Himmel Herrgott, sagt mein Vater.

Für einen Augenblick ist er still. Dann sagt er:

Trotzdem. Bitte sie herein. Setz Wasser auf. Was sollst du sonst tun?

Ich verdrehe die Augen.

Aha, sage ich. Erst fragen, wie viele Stück Zucker derjenige nimmt und *dann* das Gesicht für den Fausthieb hinhalten?

Warum glaubst du, jemand kommt an deine Tür, weil er dich schlagen will? Deine Welt ist besser, als unsere es war, Kind.

Fragen, ob sie Milch zum Tee nehmen. Das ist nicht gerade viel Widerstand. Ich meine, Wasser aufsetzen. Und damit hat es sich. Pff.

Sogar ich höre, wie pingelig das jetzt klingt.

Im Vergleich zu mir ist er aber höflich und beeindruckt, und ich komme mir noch mieser vor.

Genau das meine ich. Du kannst dich ausdrücken, sagt er. Mit der Stärke kann eine Faust nicht mithalten. Und mit Wasser aufsetzen meine ich höflich sein. Freundlich bleiben, was auch passiert, was auch kommt. Auch das ist Widerstand. In der Not anständig bleiben, anständig bleiben, auch in der Not, hat deine Mutter immer gesagt.

Mein Vater erwähnt meine Mutter so gut wie nie. Jetzt überlegt er laut, ob sie den Song der Wings darüber, Irland den Iren zurückzugeben, jemals gehört hat oder nicht.

Den kenne ich gar nicht, sage ich.

Du warst noch klein, sagt er. Bei der BBC war er verboten. Gott weiß warum, ein nettes Liedchen, das hätte bestimmt keine Unruhen ausgelöst. Ich wette, das Verbot hat sie aufgeregt, wo immer sie damals war. Wo immer sie jetzt ist.

Sie ist in Windsor, sage ich. Das weißt du doch. Sie wohnt da irgendwo, will mit sich ins Reine kommen. Sie hat sich einen Job besorgt, arbeitet in dem Gardinengeschäft.

Sie wäre heute stolz auf dich, wo sie auch ist, das weiß ich, sagt er. Wenn sie es wüsste. College. Ein Leben wie deines, undenkbar für mich und für sie.

Heute kam nun meine Mutter an meine Tür, klopfte nicht wie normale Leute zwei- oder dreimal an, sondern verpasste mir einen festen Hieb in die Rippen.

Sie hereinlassen?

Sie wird gerade Gardinenstoff ausmessen, sage ich. Wird ihn ausbreiten, so weit sie es mit ganz ausgestreckten Armen kann, und mit dem Messstab auf dem Ladentisch ausmessen.

So, wird sie das?, sagt er.

Es wird ein eher fester Baumwollstoff sein, sage ich, mit einem Blumenmuster. Ihr werden die Farben überhaupt nicht gefallen, dieses Pink, Blau und Grün, das so dezent sein soll, nobel und gedeckt. Sie wird sich sehr zusammenreißen müssen, damit sie nicht ihrem inneren Drang nachgibt, den Stoffballen vor sich hinhält wie einen Rammbock und, wie sie es als ehrliche Haut tun müsste, durch die Fensterscheibe des Geschäfts schleudert.

Mein Vater zieht schniefend Luft durch die Nase.

Ehrliche Haut, sagt er. Ehrlich, das Wort kenne ich im Zusammenhang mit deiner Mutter nicht.

Doch sie wird es nicht tun. Sie wird in dem Geschäft stehen, und sobald die Frau, die die Vorhänge gekauft hat, gegangen und die Glocke der Ladentür verstummt ist, weißt du, woran sie dann denken wird?

Er prustet zornig neben mir.

An dich, sage ich. Sie wird an dich denken.

Hm.

Sie wird sich wünschen, die Art Frau sein zu können, die in ein Geschäft geht und Vorhänge kauft, um sie in einem Haus aufzuhängen, sage ich. Für dich.

Wir fahren weiter.

Deine Mutter, sagt er kurz darauf.

Schüttelt den Kopf.

Das war eine Wilde. Einen Stoffballen ins Schaufenster eines Gardinengeschäfts schleudern und es zerschlagen, genau das würde sie tun.

Gut. Dann ist sie sich treu geblieben. Zumindest stelle ich es mir so vor, ich kenne die Frau, die meine Mutter ist, ja kaum.

Ich entschuldige mich in Gedanken bei ihr, dass ich

mir die Freiheit genommen und ihr angedichtet habe, dass sie hinter dem Ladentisch eines leeren Geschäfts steht und sich wünscht, eine Frau zu sein, die Vorhänge kauft, damit das Leben eines Ehemannes mehr dem ähnelt, wie es sein sollte.

Aber vielleicht stimmt es ja.

Vielleicht sehnt sie sich danach, anders zu sein als, als wir sie uns gern vorstellen oder lieber hätten. Außerdem hat meine Vorstellung ihm die Freiheit gegeben, mit Bewunderung über ihren unbedingten Willen, sie selbst sein zu wollen, zu sprechen.

Danach sind nur wir es, die schweigen, und das Geräusch des uns weiter transportierenden Minivans, bis ich den Ton des Kassettenspielers wieder lauter drehe.

Der Song, der jetzt gespielt wird, heißt Beware My Love.

Ein halbes Jahrhundert früher.

Mein Vater hat eine Baufirma. Er ist zu Hause, denn es ist Sonntag. Bauleute kennen keine freien Tage, deshalb macht er am Esstisch Berechnungen für einen umfangreichen Auftrag. Der Tisch ist mit ausgerollten Bauplänen bedeckt. Das schmutzige Geschirr einiger Mahlzeiten der letzten Tage steht darunter. Mit ein paar schmutzigen Tellern und mit kleinen Stapeln Bücher aus meinem Regal hat er die Ecken der Papierbögen beschwert, damit sie sich nicht dauernd wieder aufrollen.

Ich bin sieben.

Umfangreicher Auftrag.

Ich forme die Wörter mit den Lippen, ohne sie laut auszusprechen.

Er sieht es. Sagt:

Lass das mit dem Mund.

Ich nehme ein Buch von dem Stapel auf der Ecke, die mir am nächsten ist, und fange in der Mitte an zu lesen. Es ist das Buch mit Findhorn dem Einhorn auf dem Umschlag. Ich schlage es auf der Seite auf, auf der die Schrift vor den Augen dessen, der sie liest, die Gestalt eines Pferdes annimmt.

Er greift herüber, nimmt mir das Buch aus der Hand und klappt es zu. Streicht seine Zeichenpläne an der Ecke, vor der ich stehe, wieder glatt. Beginnt mir zu erklären, wie Motoren arbeiten.

Dafür schlägt er das Buch hinten auf und zeichnet mit dem Bleistift, den er hinter seinem Ohr hervorzieht, auf die leere hintere Umschlagseite eine Zipfelmütze oder einen Berg oder ein Zelt oder das, was von meiner Seite des Tischs wie der Großbuchstabe V aussieht. An die Spitze schreibt er das Wort KRAFTSTOFF. An ein Bein des V schreibt er das Wort WÄRME. Ans andere Bein schreibt er SAUERSTOFF.

Er tippt auf die Fläche innerhalb des V.

Da drin, das ist wegen dieser drei zusammen, die Verbrennung, sagt er. Der Kraftstoff heizt sich auf und verbrennt. Die Verbrennung, die Wärme, die entsteht, wenn diese drei zusammenkommen, liefert die Energie, die die Maschine antreibt oder das am Laufen hält, wofür man den Kraftstoff braucht. Eines wandelt etwas anderes in noch etwas anderes um, und das Ergebnis ist? Na?

Etwas anderes, sage ich.

Etwas, wovon du mehr haben könntest, wenn es nach mir ginge. Energie.

Hm, sage ich.

Ich bin meinem Vater nicht sportlich genug. Ich bin schmächtig und wachse nicht schnell genug, und seitdem er das weiße pulverige Zeug, das mir beim Wachsen helfen soll, in mein ganzes Essen tut, esse ich sogar noch weniger.

Also, mach mal. Überleg dir ein paar Kraftstoffe, sagt er. Du bist doch so gut bei Wörtern. Nenn mir Wörter für Kraftstoff.

Du, sage ich.

Was soll das heißen, ich?, sagt er.

Du bist ein Kraftstoff, sage ich. Ein alter Kraftstoff.

Was?, sagt er.

Er gibt mir mit einer Bauplanrolle eine Kopfnuss, aber nicht zu fest.

Na los, nun mach, sagt er. Benzin, wie steht's damit?

Benzin, sechs Shilling und acht Pennys die Gallone, sage ich.

Was?

An der Tankstelle mit dem gelben und blauen Schild,

wo der Kopf mit den Flügeln am Hut drauf ist, sage ich.

Mein Vater sieht mich an, als verstünde er kein Wort. Dann lacht er los.

Sechs acht die Gallone an der National, sagt er. Du hast recht! Das ist der Preis von Benzin!

Ich bin zufrieden. Er lacht nur selten.

Erzähl mir von der National, sage ich. Als du in meinem Alter warst.

Als ich klein war, noch einiges jünger als du, sagt er, war die National noch die Schmiede, wohin die Pferde aus der Stadt zum Hufebeschlagen gebracht wurden. Damals war die Stadt viel kleiner, und da, wo heute die National ist, war die äußerste Stadtgrenze. Ich hab immer gern auf der Mauer gesessen und Mr Duncan, dem Hufschmied, zugesehen, er hat immer erzählt, dass die Schmieden im ganzen Land eine nach der anderen in Tankstellen umgewandelt werden, für Autos. Nicht mehr lange, das war seine ständige Rede. Dieses Handwerk gibt es auf der Welt bald nicht mehr.

Erzähl mir das, als du nicht schlafen konntest, das von den Pferden, sage ich.

Den Pferden, sagt er.

Und von deiner Mutter.

Das hab ich dir schon tausendmal erzählt, sagt er.

Bitte.

Der versonnene Ausdruck tritt in seine Augen. Wie jedes Mal, wenn er in der Nähe des Wortes Mutter ist.

83

Eines Nachts war ich wach, obwohl ich eigentlich hätte schlafen sollen, sagt er. Ich setzte mich im Bett auf, meine Brüder ringsum schliefen alle, aber ich saß da, gerade wie eine Palisade. Da kam meine Mutter rein, sagte, was ist los? Leg dich hin, jetzt wird geschlafen. Ich könne nicht schlafen, sagte ich, ich mache mir Sorgen, dass eines Tages niemand mehr da sei, der den Pferden die Schuhe anziehen kann.

Er sieht den Bleistift in seinen Händen. Klemmt ihn sich hinters Ohr.

Heu, sage ich.

Was?

Alter Kraftstoff, sage ich.

Sag das nie wieder zu mir, Sandy, sei nicht unhöflich, sonst rutscht mir noch die Hand aus.

Nein, sage ich. Heu. Das *ist* alter Kraftstoff. Für Pferde.

Pferde?, sagt er. Oh. Heu. Ha.

Und, Dad, sage ich. Gerade wie eine Palisade, was soll das bedeuten?

Na ja, es bedeutet …, sagt er. Ach, das weiß ich eigentlich nicht genau.

Ist das eine Redensart, die alle verwenden? Oder bloß du?

Keine Ahnung, sagt er. Das hab ich immer so gesagt. Das soll wohl heißen, Palisaden müssen gerade stehen, ordentlich eingesetzt sein, sonst kippen sie um, und man kann keinen ordentlichen Zaun damit machen.

Ich glaub, du sagst es bloß, oder man sagt es bloß, weil es sich reimt.

Und du bist naseweiser, als gut für dich ist, sagt er. Benzin, was ist das? Sechs acht an der National.

Danach zwinkert mir mein Vater noch lange jedes Mal zu, wenn wir das Wort national hören, wenn jemand die Tankstelle erwähnt oder im Fernsehen von der Nationalhymne oder dem Nationaleinkommen, der nationalen Sicherheit oder von einem Nationalsport die Rede ist oder wenn es um das Pferd aus dem Film *National Velvet* geht, und ruft durchs Zimmer:

National, was war das gleich? Ein Laden, wo man mit zusammengebissenen Zähnen für etwas bezahlt, das etwas anderes, na los, was?

Antreibt, sage ich, wie ich es soll.

Der Tag nach dem Anruf mit der Geschichte über das historische Schloss war zufällig der Geburtstag meines Vaters. Ich hatte in meinem Wohnzimmer ein Streichholz angezündet. Und eine Kerze.

Und ich dachte gleich, das täte ich auch, wenn er tot wäre und nicht bloß im Krankenhaus läge, wo ich ihn nicht besuchen konnte.

Ich blies die Kerze wieder aus.

Erst am Tag zuvor war ich darüber hinaus gewesen, mich noch um irgendwas zu kümmern, jedoch noch nicht so weit, dass ich mich selbst nicht mehr verachtete. Ich war an beides inzwischen so gewöhnt, dass ich selbst überrascht war, als mir einfiel, eine Kerze anzuzünden, und genauso überrascht war ich, als ich erst den Geruch des Zündholzes auf der Reibfläche und dann den der ausgeblasenen Kerze wahrnahm, mich aber trotzdem nicht verachtete, weil *ich* das riechen konnte und mein Vater *nicht*.

Aus einem mir unerfindlichen Grund verachtete ich nun nichts mehr.

Ich ließ den Hund zu Hause. Die Verantwortung war mir zu groß. Ich fuhr aus der Stadt hinaus, vorbei an den Supermärkten und an der Überführung, vorbei an der Gärtnerei, wo nicht gepflückte Narzissen in einem Haufen neben einem Blumenfeld verrotteten.

Stellte das Auto da ab, wo wir es immer abstellten.

Es waren keine anderen Autos abgestellt.

Ging den Weg, den wir immer gingen.

Es waren keine anderen Leute unterwegs.

Dieses Jahr lagen keine gefällten Bäume an der Stelle, wo sonst der Holzstapel war, und warteten auf den Abtransport. Nichts deutete darauf hin, dass in dem Wald jemand gearbeitet hatte, und es hätte keinen Sinn gehabt, mich zum Gartencenter aufzumachen; das Gartencenter war pleitegegangen. Ich hätte viel dafür gegeben, wenn mein Vater mir dieses Jahr dort über die Rosenbüsche hinweg etwas hätte zuschreien können, wenn wir sie wie immer Reihe um Reihe hätten abschreiten können, die Rosen, die nach dem Alphabet angeordnet waren und auf die Blüte warteten: The Ancient Mariner, Atomic Blonde, Beautiful Britain, Charles Darwin, Cliff Richard, Dame Judi Dench, Scepter's Isle, Thomas à Becket. Vielleicht standen sie alle noch da drin, unversorgt, wild ineinander verhakt. Vielleicht tobte in dem geschlossenen Gartencenter jetzt das Leben.

Eigentlich sinnlos, diesen Weg durch den Wald überhaupt zu gehen, dachte ich, als ich dem Weg folgte, den wir immer nahmen. Das war vielleicht der Grund, weswegen ich ihn verließ – das, und weil ich etwas gesehen oder zu sehen gemeint hatte, das durch die Bäume lief, ein Reh? ein frei laufendes kleines Pferd? Liefen Pferde hier denn frei im Wald herum? Unwahrscheinlich. Ich folgte dem, was ich zu sehen geglaubt hatte, um zu schauen, ob ich sehen konnte, was es war.

Und blieb stehen. Kein Weg mehr da.

Ich drehte mich auf dem Absatz einmal im Kreis.

Das änderte kaum etwas. Ich war umringt von den gleichen verschiedenen dünnen, hohen Bäumen, die sich zu anderen dünnen, hohen Bäumen neigten und die dadurch, wie sie sich zu anderen hin und von ihnen weg neigten, mögliche Durchlässe bildeten.

Ich hatte bloß eine halbe Minute gebraucht, um vollkommen die Orientierung zu verlieren.

Genauso seltsam, hatte ich gehört, ist es, wenn man einen komplett schallisolierten Raum betritt, wo man nur sein eigenes Herz, das durch den Körper strömende Blut, die Darmbewegungen und den Speichelfluss wahrnimmt. Hier hörte ich jedoch nur, wie es im Wald ist, wenn wir nicht da sind. Bäume ächzten, was mir im Zusammenhang mit Bäumen im Wald vollkommen neu war, sie ächzten, als sprächen sie in einer Sprache miteinander. Im Hintergrund der Flügelschlag eines unsichtbaren Vogels, der Ruf eines zweiten und dritten und unterhalb von mir das Geräusch von sich bewegendem Gras. Ja, wie ein Lautwechsel, die scheinbare Abwesenheit von Geräuschen bildete eine ganz neue Geräuschpalette. Leute begaben sich aus freien Stücken, nicht wahr, ja auch in einen Raum, extra dafür konstruiert, sie von jeder Lichtquelle abzuschneiden, damit sie »echte« Dunkelheit erleben konnten. Warum tat man so etwas? Wenn Licht selbst schon so viel Dunkelheit enthielt, wie beim stetigen Wechsel von hell und dunkel hier.

Nicht umsonst spielten so viele Volkssagen und Märchen im Wald.

Für eine kurze Weile erwartete ich törichterweise, es würde so etwas geschehen wie:

Da hörte ich etwas, was wie Leute klang, die irgendwo links von mir arbeiteten, ging also in diese Richtung, und als ich die Arbeiter fand, zeigten sie mir, dass ich zurückmüsste,

oder:

Doch bald roch ich etwas, was mir sagte, nicht weit von hier hätte jemand ein Feuer entzündet, und ich folgte dem Rauch und meiner Nase und stieß auf einer Lichtung auf Menschen, die im Wald lebten / im Wald arbeiteten / eine Tageswanderung durch den Wald machten / über dem Feuer etwas kochten, wovon sie mir anboten, und die sehr gesellig waren,

aber nichts davon geschah.

In Wahrheit hatte ich mich verlaufen.

Ich war allein.

Ich hörte keine Verkehrsgeräusche mehr von der Autobahn.

Die Dämmerung brach an.

Ich hatte keine Ahnung, wo ich war und in welche Richtung ich gehen sollte.

Da war bloß das, was da war.

Ich ging in dem frischen, hohen Gras und den Brombeerzweigen in die Hocke. Klaubte einen winzigen Dorn aus meinem Ärmel, streckte schon die Hand aus, um ihn neben mir ins Moos fallen zu lassen – und ließ es bleiben. Hielt ihn mir vor die Augen und betrachtete ihn so genau, wie ich konnte.

Der Dorn auf meiner Fingerspitze war so klein, dass die Linien meines Fingerabdrucks sich, verglichen damit, groß ausnahmen. Er war schwarz und hart und gab, als ich ihn zwischen den Fingern zusammendrückte, nicht die Spur nach. Er lief in einem Häkchen aus, und auf der helleren Spitze meines Zeigefingers sah ich, dass das Häkchen gekrümmt war, ganz raffiniert, damit die Krümmung ihren Zweck erfüllen konnte, sich durch jede Oberfläche in alles zu bohren und sich dort festzuhaken, was den Dorn mit Absicht oder aus Versehen verschlingen oder die Pflanze, von der er abgefallen war, beschädigen, sich gar mit ihr anlegen wollte.

Baukunst vom Feinsten.

Ich hakte den Dorn wieder an die Stelle, an der er sich in meinen Ärmel gehakt hatte. Er sank in den Stoff.

Ich setzte mich auf einen gefällten Baum, auf dem Efeu wucherte. Über mir leuchtete das erste frische Grün der Bäume. Ein Vogel stürzte sich über das Stück Himmel hinter dem Grün, schrie aus sich heraus.

Die Bäume sprachen ihre Sprache.

Hell und dunkel wechselten sich ab.

Ich ahnte: meine Abwesenheit.

Ich spürte, so deutlich wie reine Luft, ganz zart: die Anwesenheit von etwas anderem.

Curlew

Wiedersehen vs. Hello

Ich bin viereinhalb. Das Tageslicht scheint hinter ihr durch die Scheibe in unserer Haustür, aus der meine Mutter gleich gehen wird, weg von meinem Vater und mir – so wie einem das Benzin ausgeht oder die Geduld, als wäre sie Geld, das ausgegeben oder eine Mitgliedschaft, die abgelaufen ist. Sie drückt mich an ihre Beine, geht dann so tief in die Hocke, dass ihr Gesicht vor meinem ist, legt die Hände auf meine Schultern und sagt:

Du schaffst das. Um dich mache ich mir keine Sorgen. Und weißt du, warum? Weil da ein Hund ist, ein großer mit dichtem Fell wie bei einem Wolf, eigentlich ist es gar kein Hund, sondern ein Wolf, und er sitzt direkt neben dir.

Ich schaue rings um mich, aber da ist kein Hund und kein Wolf.

Du kannst ihn nicht sehen, sagt sie. Ich aber.

Ist der wie die Hunde, die der Mann dabeihat, wenn er die Miete kassiert?, sage ich.

Noch wilder. Und es ist deiner, er gehört niemandem sonst, nur dir, und du gehörst zu ihm. Er wird dich nie verlassen, und er meint es gut mit dir.

Da sind kein Hund und kein Wolf. Da ist nichts. Sie aber schaut mich an, als könne sie etwas sehen.

Hat irgendetwas davon überhaupt stattgefunden? Ich hatte keine Ahnung.

Hat mein Vater mir das hinterher erzählt, damit es mir besser geht, damit ich es leichter verschmerze? Oder habe ich es mir ausgedacht, damit es mir – oder auch meinem Vater – besser geht? Schon eher.

Ich wusste kaum etwas, nur das, was mein Vater mir erzählte, und er hatte mir fast nichts erzählt.

Das mit den Pappeln, die sie mochte, und so.

Dass sie bei sanften, schlichten Klaviermelodien in Tränen, in Wut ausbrechen konnte.

Dieses Bild von ihr gefiel mir. Mir gefiel der Gedanke, dass es das Kühne des Sanften und Schlichten war, was sie so aufbrachte, weil es sie an deren stumme Begleiter denken ließ, an die Grausamkeit, die tausendfach ständig überall vorkam.

Auf den Gedanken kam ich durch etwas anderes, das mein Vater von ihr erzählt hatte, das Einprägsamste von allem.

Einmal, meine Mutter war noch ein Kind in Irland und eine ihrer Schwestern war sehr krank, wurde sie den Doktor holen geschickt. Sie war elf Jahre alt. Auf dem Weg über die Felder begegnete sie einer jungen Roma mit einem Säugling auf dem Arm. Die Frau bat sie um Geld.

Das Kind, das eines Tages meine Mutter werden sollte, hatte kein Geld. Ich meine, gar keins. Es war nicht einmal Geld da, um den Doktor zu bezahlen, nur die Hoffnung, dass er vielleicht kam. Doch er hatte eine andere Religion als die Familie meiner Mutter und wies sie aus den verschiedensten Gründen ab, darunter auch aufgrund dieses Unterschieds, sodass seine Hilfe nicht gewiss war.

Das Kind, meine Mutter, entschuldigte sich bei der Frau.

Die Frau griff nach der Hand des Kindes, meiner Mutter, drehte den leeren Handteller nach oben und schaute sich an, was da war und was nicht war.

In deiner Familie wird um halb vier jemand sterben, sagte sie.

Wahr?

Ich hatte keine Ahnung.

Wahr oder falsch, meine Mutter hatte eindeutig eine Schwester, die gestorben war. So etwas konnte man im Netz überprüfen.

Sie war sehr wahrscheinlich Hilfe holen gegangen, ohne sicher zu sein, dass sie die auch bekam.

In späteren Jahren hatte sie davon erzählt, dass ihr einmal eine Frau begegnet war und ihr wahrheitsgemäß die Zukunft vorausgesagt hatte – ganz ohne Bezahlung.

Geschichten erzählen vs. lügen:

Klopf klopf.

Der Hund meines Vaters fing an wie verrückt zu bellen.

Zwei junge Menschen, nett, adrett, standen vor meiner Tür. Es waren Zwillinge. Waren es neue Nachbarn? Ich kannte sie nicht. Beide hatten exakt dieselbe Frisur, frisch geschnitten bei einem Friseur, der vor Kurzem wieder eröffnet hatte. Beide trugen schicke farblich harmonische Hosenanzüge in Hellblau. Eine hatte eine Tasche mit der Aufschrift CELINE Paris, unter der offenen Anzugjacke der anderen sah ich auf dem weißen T-Shirt, das sie darunter trug, die Wörter *they / them*, von Hand mit Filzstift darauf geschrieben.

Ja?, sagte ich.

Kannst du mal den Hund beruhigen, ich meine, jetzt?, sagte der CELINE-Zwilling.

Klar. Er bellt nur, weil ihr an die Tür geklopft habt, sagte ich.

Der they-Zwilling sagte nichts, sah nur peinlich berührt zur Straße hin, als gehe irgendwo gerade etwas Wichtigeres vor.

Ich schau mal, ob ich ihn dazu bringen kann, weniger zu bellen, klar, sagte ich. Danke, dass ihr mir Bescheid gesagt habt.

Machte Anstalten, die Tür zu schließen.

Nein, wir sind nicht wegen deinem blöden Hund hier, sagte CELINE.

Oh. Aha. Wie kann ich euch dann behilflich sein?, sagte ich.

Wir würden gern ein paar Worte mit dir wechseln, sagte sie.

Welche sollen es denn sein?, sagte ich.

Schweigend standen wir drei einen Augenblick da, bis mir dämmerte, dass sie darauf warteten, hereingebeten zu werden.

Oh, tut mir leid, sagte ich. Ich lasse niemanden ins Haus. In meiner Familie ist jemand krank und liegt im Krankenhaus, und ich möchte ihn ungern in Gefahr bringen.

Covid ist vorbei, sagte CELINE. Laut der Regierung.

Sie war einiges jünger, als ich zuerst gedacht hatte, wurde mir klar.

Ja, aber Behauptungen und Realität unterscheiden sich oft doch erheblich, sagte ich.

Wir sind nicht krank, sagte CELINE.

Von außen ist das nicht so leicht zu erkennen, sagte ich. Habt ihr Masken?

Natürlich nicht, sagte CELINE. Wir haben nichts zu verbergen.

Äh, sagte ich. Entschuldigt mich kurz.

Ich griff zum Kleiderständer und holte mir meine.

Em em en wirst du dich für vieles zu verantworten haben, sagte die Frau.

Was?

Du hast mich schon verstanden, sagte sie.

Ja, sagte ich. Aber das Erste, was du gesagt hast, nicht.

Em em en, sagte sie wieder. Meiner Meinung nach.

Äh, ach so. Wofür genau werde ich mich zu verantworten haben?, sagte ich.

Wir wollen, dass du aufhörst, unsere Mutter zu verwirren, sagte sie.

Sie seien die Kinder von Mrs Pelf, ließen sie mich wissen.

Ich schüttelte den Kopf. Ich kannte niemanden, der Mrs ... hieß.

Ah, sagte ich. Okay. Kommt mal nach hinten durch.

Ich öffnete das kleine Tor zum Garten und trat zur Seite, als sie durchgingen. Sie setzten sich auf die Bank an der Hintertür. Ich ging zum anderen Ende und setzte mich mit untergeschlagenen Beinen, den Rücken an die Ateliertür gelehnt, auf die Erde.

Deinetwegen führt sich unsere Mutter auf wie eine Verrückte, sagte CELINE.

Meinetwegen, sagte ich.

Sie ist sonst immer zehn vor sieben aufgestanden, unser ganzes Leben lang. Und jetzt: neun oder zehn am Vormittag, wenn sie nicht zur Arbeit muss. Unser Vater kann nicht arbeiten.

Ach herrje, sagte ich.

Sie hört nicht auf ihn. Sie hört nicht auf uns. Spätabends fährt sie allein mit dem Auto herum und will niemandem sagen, wo sie gewesen ist.

Für mich hört sich das nicht übermäßig verrückt an, sagte ich.

Du kennst sie nicht, sagte sie.

Damit liegst du richtig. Ich kenne sie nicht.

Kommt sie abends hierher?, sagte sie.

Hierher? Nein.

Sie ist wie ausgewechselt. Steht in der Küche herum und lacht, bloß so. Als ich Amelie, das ist meine Tochter, das letzte Mal bei ihr gelassen habe, haben sie, als ich wiederkam, den Inhalt einer Dose Ravioli zu einer Kette aufgefädelt.

Ich lachte zum ersten Mal seit Wochen laut auf.

Das ist echt nicht witzig, sagte CELINE. Die Anziehsachen beschmiert, Tomatenzeug überall in Amelies Haaren. Und sie erzählt Amelie ständig Geschichten, die das Kind ängstigen, und jetzt kann Amelie nicht schlafen, wacht auf und schreit herum, von Vögeln mit Schnäbeln, lang wie ein Schwert, von Pferden, denen man die Beine abgeschnitten hat, em em en, es ist *grotesk* und echt richtig verheerend. Und es hat sich noch etwas verändert. Früher hat sie nie gelacht. Jetzt lacht sie die ganze Zeit, so wie du eben. Sogar wenn jemand mit ihr spricht, lacht sie mittendrin los. Und sie sagt dauernd einzelne Wörter. Laut.

Du meinst, sie spricht?, sagte ich.

Nein, sie sagt sie nicht *zu* irgendwem. Sie *sagt einzelne Wörter*, spricht sie vor sich hin. Wörter, die wir aus ihrem Mund noch nie gehört haben.

Was für Wörter?, sagte ich.

Sie steht da und sagt *ich staune*, immer wieder, sagte CELINE. Oder so was *das Leben ist doch erstaunlich*, oder *wer hätte gedacht, dass es so was gibt*, und dann steht sie da, lächelt und schüttelt den Kopf.

Klingt ein bisschen, als wäre sie verliebt, sagte ich.

Das ist ekelhaft, sagte CELINE. Sie ist fast sechzig.

Na ja, sechsundfünfzig, wenn man es genau nimmt. They hatte endlich auch mal den Mund aufgemacht.

Und wir wissen von jemandem an ihrer Arbeitsstelle, jemandem, der für sie nur das Beste will, dass sie ins digitale Bestandsverzeichnis gegangen ist und Zuschreibungen und alle möglichen für den Katalog unverzichtbaren Daten und Angaben geändert hat, sagte CELINE.

Woher wisst ihr, dass sie das war?, sagte ich.

Sie haben es zu ihrem Rechner zurückverfolgt, sagte they.

Das muss nicht bedeuten, dass eure Mutter es auch tut, sagte ich.

Sie wird eine prestigeträchtige Teilzeitstelle verlieren, wenn sie sich so pubertär aufführt, sagte CELINE mit demonstrativ auf mich gerichtetem Handy.

Nimmst du das etwa auf?, sagte ich.

Warum ist deine Nummer in ihrem Handy, und warum taucht dein Name mehrfach im Suchverlauf auf ihrem Laptop auf?, sagte sie. Du hast eine Affäre mit unserer Mutter.

Nein, sagte ich.

Ist unsere Mutter gerade bei dir?, sagte CELINE, die immer noch ihr Handy auf mich richtete.

Ich habe es dir bereits gesagt. Nein, sagte ich.

Ist das der Grund, weswegen du uns nicht ins Haus lässt? Sie ist hier, und du lügst uns an?

Ich beugte mich nach vorn und sprach in das Handy.

Eure Mutter ist nicht bei mir.

Lässt uns nicht ins Haus, sodass wir es nicht nach-prüfen können, sprach CELINE in ihr Handy.

Bitte erklär denen, die das hier mithören, dass ich wohl kaum zwei Fremde, die Betrüger sein könnten, in mein Haus lasse.

Wir sind hier nicht die Betrüger, sagte CELINE.

Wenn sie sagt, sie wäre nicht bei ihr, sagte they, ist sie es vermutlich auch nicht. Los, komm, Eden. Gehen wir.

Aber *wo* ist sie dann?, sagte Eden Pelf wimmernd. Wo könnte sie sonst *sein*?

Sie treibt sich ein bisschen herum, sagte ich. Ei, ei.

Was gibt es da zu lächeln?, schrie Eden Pelf. Sie wird vermisst, verdammt noch mal.

Eden. Nicht, sagte they.

Das ist was anderes, sagte ich. Das war gedankenlos,

103

entschuldigt. Wie lange ist sie schon verschwunden? Wann habt ihr sie zuletzt gesehen?

Heute Morgen, sagte Eden Pelf.

Wir hatten gerade mal zwölf Uhr mittags. Nicht zu lachen war nicht möglich.

Du bist widerlich, sagte Eden Pelf. Lachst über unseren Verlust.

Eden, sagte they mahnend.

Sie gingen auf mich los.

Hast du eine Affäre mit unserer Mutter?

Ich schüttelte den Kopf.

Aber du kennst sie, sagten sie. Sie kennt jedenfalls dich. Ihr hattet Kontakt. Erst vor Kurzem.

Wir wissen es, und wir gehen zur Polizei, sagte Eden Pelf. Wir kennen die Polizei. Mein Vater ist sehr bekannt. Wir sind mit den Behörden befreundet. Wir haben sehr mächtige Freunde. Wir bringen dich vor Gericht. Wir wenden uns an die Presse. Wir lassen dich in den sozialen Medien beschimpfen. Du wirst gecancelt. Du verlierst deinen Job. Wir sorgen dafür, dass alle und jeder dich boykottieren.

Ich zuckte mit den Achseln.

Eure Mutter hat sich *bei mir* gemeldet, nicht andersherum. Wir haben über ein Vierteljahrhundert nicht öfter als zweimal miteinander gesprochen, und das erste Mal war, als sie neulich abends bei mir angerufen hat. Dann hat sie mir einen Zoom-Link geschickt, und über den haben wir noch mal eine gute halbe Stunde gesprochen. Das ist mein gesamter heimtückischer Einfluss auf eure Mutter.

Und was ist mit den vielen SMS, die du ihr geschickt hast?, sagte Eden Pelf.

Was für SMS?, sagte ich. Ich habe ihr nicht gesimst. Oh, wartet. Eine SMS hab ich ihr geschickt.

Eine!, sagte Eden Pelf. Lügnerin.

Nein, sagte they. Ehrlich, Eden, wir haben nur eine SMS auf dem Handy gefunden.

Klar, unsere Mutter wird die anderen gelöscht haben, so verfänglich, wie die waren, sagte Eden Pelf.

They sah mich an.

Die SMS, die wir gefunden haben, lautete, und ich zitiere: *Ich habe etwas für dich.* Was hast du unserer Mutter gegeben?

Waren es Drogen?, sagte Eden Pelf.

Was habt ihr zwei auf dem Privathandy eurer Mutter verloren?, sagte ich.

Wir versuchen nur, ihr zu helfen, sagte they. Bitte hilf du uns.

Also sagte ich ihnen, ich hätte ihrer Mutter eine Geschichte erzählt.

Und Ende, sagte ich. Das ist alles.

Wie jetzt?, sagte Eden Pelf. Eine Geschichte wie in den *Nachrichten*, so was?

Wie eine Geschichte. Eine erzählte Geschichte. Sie hat mir eine erzählt, und da habe ich ihr eine wiedererzählt. Fairer Tausch.

Wie die Es-war-einmal-Geschichten von früher, so was?, sagte they. Wie eine Gutenachtgeschichte?

Du bist ein abscheulicher Mensch, sagte Eden Pelf, der ein perverses Spiel mit einer Frau spielt, um sie von ihren Kindern fortzulocken.

Hört zu, sagte ich. Eure Mutter hat sich bei mir gemeldet, aus heiterem Himmel, und wollte, dass ich mich zu ein paar Dingen in ihrem Leben äußere, die ihr ein Rätsel waren, und aus dem, was sie erzählt hat, wurde eine Geschichte. Und als wir wieder Kontakt hatten, sagte ich ihr, was mir zu diesem Rätsel eingefallen war, und daraus wurde ebenfalls eine Geschichte.

Aha. Ganz schön gerissen, sagte they.

Unsere Mutter manipulieren, sagte Eden Pelf. Indem du ihr Lügen erzählst.

Nein, sagte ich. Jemand, der Lügen erzählt, verfolgt seine eigenen Zwecke und will seine Zuhörer nur für seine eigenen Machenschaften einspannen.

Sie hat unsere Mutter für sich eingespannt, sagte Eden Pelf. Sie ist in unsere Mutter verliebt und stalkt unsere Familie. Sie will unsere Familie kaputt machen.

Ich stalke niemanden, sagte ich. Ich weiß nicht einmal, wo eure Mutter oder ihr wohnt.

Tja, eine Geschichte, aber worüber?, sagte they.

Das fragt ihr am besten eure Mutter selbst, sagte ich. Aber jetzt frag ich euch mal was. Woher wisst ihr, wo *ich* wohne?

Wir wissen alles über dich, sagte Eden Pelf. Lee arbeitet in der ei ti bei ei dschi.

Ist das dein Name?, sagte ich. Lee?

Ja, sagte they. Lea mit a. El e a. Und das ist Eden.

Und was ist ei dschi?, sagte ich.

Boomer-Alarm, sagte Eden Pelf.

Insta. Für die arbeite ich aber nicht mehr, ich bin jetzt outgesourct und mache Datenerfassung, sagte Lea Pelf.

Ich schaute mir Lea Pelf und die Filzstiftwörter *they / them* auf ihrem T-Shirt noch mal an.

Ich denke ja öfter, sagte ich, dass kleinste sprachliche Verschiebungen, so wie auf deinem T-Shirt, alles Mögliche bewirken könnten, wenn man sie zulässt.

Ich hab's dir gesagt, sagte Eden Pelf. Boomerissimissima.

Zum ersten Mal sah Lea Pelf mich scharf an und sagte:

Machst du dich über uns lustig?

Nein, sagte ich. Das ist eine der wirklichen Revolutionen dieser Epoche. Und eine der aufregendsten Eigenschaften von Sprache, dass Grammatik genauso biegsam ist wie die grünen Zweige eines Baums. Denn wenn wir Wörtern Lebendigkeit zugestehen, sind Bedeutungen auch lebendig, und wenn Grammatik lebendig ist, sind die Zusammenhänge zwischen alldem ein Antrieb für alles und überhaupt nichts Trennendes. Das bedeutet, ein einzelner

Mensch kann beides sein, dieser Einzelne und gleichzeitig mehrere. Wenn man akzeptiert, dass nichts festgelegt sein muss, wird man beweglicher, davon bin ich seit jeher überzeugt.

Ich habe mich festgelegt, sagte Lea Pelf. Und in meinem Sprachgebrauch ist *they* ein Singular und soll signalisieren, dass das Geschlecht für mich unwichtig ist. Dass ich das Binäre gecancelt habe.

Ein kraftvolles kleines Wort, sagte ich.

Ja, stimmt. So kraftvoll, sagte Lea Pelf (und beugte sich so weit wie möglich zur Seite, damit sie es so nah wie möglich vor dem Handy in der Hand ihrer Schwester sagen konnte), dass mein Vater von mir verlangt hat, mit meinem ganzen Krempel vom Haus in die Garage umzuziehen.

Eden Pelf zog ein finsteres Gesicht und hielt die Hand vor das Handymikro.

– und lässt mich erst wieder ins Haus rein, wenn ich *mit dem Blödsinn aufhöre* und das *traditionell richtige Pronomen*, wie er es nennt, für mich verwende, sagte Lea Pelf.

Ah, sagte ich.

Ich beugte mich noch mal zum Handy.

Das Wort *they*, sagte ich, wird in der traditionellen Grammatik seit dem Mittelalter als Sprachform für den Singular verwendet und zwar genau für das, was du mit deinem Gebrauch zum Ausdruck bringst.

Danke für die Unterstützung, das ist nett von dir.

Aber ich brauche keinen, weder dich noch sonst wen, der für mich in die Bresche springt.

Schön, sagte ich. Es war sehr nett, euch beide kennenzulernen. Danke für euer Kommen.

Ich lächelte mit meinen vorgefassten Meinungen über die zwei Martina-Inglis/Pelf-Kinder. Sie erwiderten meinen Blick, und ihre vorgefassten Meinungen über mich standen den Erwachsenen ins Gesicht geschrieben. Ich erhob mich und breitete die Arme Ende-des-Meetings-mäßig aus. Sie blieben auf der Bank sitzen und rührten sich nicht.

Wir gehen nirgendwohin, sagte Eden Pelf, ehe du uns nicht dein Wort gibst, dich unserer Mutter nie wieder zu nähern. Oder uns.

Ihr habt mein Wort, sagte ich. Jetzt könnt ihr irgendwohin gehen.

Ich trat zum Gartentor. Stellte mich daneben, hielt es auf. Sie machten immer noch keine Anstalten, von der Bank aufzustehen.

Wir gehen nirgendwohin, ehe du uns nicht sagst, was wir tun müssen, damit unsere Mutter wieder die wird, die sie früher war, sagte Eden Pelf.

Mit Mysterien dieses Kalibers müsst ihr euch allein herumschlagen, sagte ich.

Los, komm, Eden, sagte Lea Pelf. Wir haben getan, was wir konnten.

Lea zog ihre Schwester hoch und schubste sie zum Tor.

Wir wissen, wo du wohnst, sagte Eden, als das Gartentor hinter ihr zuschwang. Wir kommen wieder.

Das nächste Mal bringt Masken mit, rief ich ihnen nach.

Dann wusch ich mir die Hände, ging zurück ins Atelier und setzte mich wieder an meine Arbeit.

Imagination vs. Realität:
Ich habe etwas für dich. Ich klickte auf den Link auf dem Bildschirm. Martina Inglis, dieselbe, aber anders. Anders, aber dieselbe.

Sie saß nicht bloß an einem Tisch, sondern hatte hinter sich weitere Tische, beladen mit Früchten und Keramik, überall Platz, und war das über ihr ein Balkon? unter einem Dach, das ewig weit nach hinten führte und größtenteils aus Glas bestand.

Sand, genau wie früher, ich fasse es nicht, sagte sie. Du siehst aus wie damals. Nach all den Jahren. Hast du deine Seele an den Teufel verkauft?

Ich hab bloß eine halbe Stunde oder so, sagte ich.

Gott, du hast dich wirklich nicht verändert, sagte sie. Schön, dich zu sehen.

Ich hab mich gemeldet, weil ich dir erzählen muss, was ich neulich erlebt habe, sagte ich.

Okay, sagte sie. Toll. Ich wusste es. Du lässt mich nicht im Stich, ich wusste es. Ich bin ganz Ohr.

Also, ich kam heim, sagte ich, es war abends, nicht spät, gerade dunkel geworden, ich war im Wald spazieren gewesen, und als ich die Haustür aufmachte, stieg mir ein versengter, metallischer Geruch in die Nase, als hätte irgendwer irgendwo im Haus Erde angezündet, Torf vielleicht. Ich ging nach hinten durch und kam wieder nach vorn zur Treppe. Der Geruch war überall.

Komische Geruchsempfindungen, das haben gerade viele, sagte sie.

Unterbrich mich nicht, sagte ich, dafür ist keine Zeit. Lass mich erst alles erzählen, was ich noch weiß, dann können wir so lange darüber reden, bis ich wegmuss, ich muss in einer Stunde im Krankenhaus sein.

Bist du krank?, sagte sie. Du siehst nicht krank aus. Wer ist krank?

Ich also unten überall das Licht angeschaltet, sagte ich, wurde dann aber unruhig und dachte, vielleicht ein Defekt in der Stromleitung, und schaltete das Licht überall wieder aus. Ging im Dunkeln nach oben.

Öffnete meine Schlafzimmertür.

Da drin war jemand, kauerte hinter meinem Bett und wühlte in meinem Kleiderschrank, viel zu stehlen gibt es da nicht. Ich machte Licht. Es war jemand in schmutzigen, zerschlissenen Kleidern, eindeutig ein Obdachloser oder auf Droge, der ins Haus eingebrochen war. Meine Schuhe und Stiefel, die bei mir unten im Kleiderschrank stehen, waren über den Boden verstreut, und der Hund meines Vaters saß auf dem Bett, wo er eigentlich nicht hindarf, und sah mich an, als wäre *ich* der Eindringling und nicht derjenige, der in meinen Sachen wühlte.

Und dann merkte ich, dass neben dem Hund noch

ein Tier auf dem Bett saß, ziemlich groß, ungefähr wie ein kleiner Truthahn. Allerdings wie einer ohne Beine und ohne Kopf.

Hast du halluziniert?, sagte Martina Inglis. Postvirale Halluzinationen, das haben jetzt viele.

Ich also zum Hund: Runter du vom Bett, aber sofort, und zu der Gestalt: Wie sind Sie in mein Haus gekommen?, und sie erhob sich vom Boden des Kleiderschranks, drehte sich um und sah mich an, es war bloß ein Mädchen, sechzehn vielleicht, ihr Gesicht und ihre Hände waren schmutzig, die ganze Gestalt machte den Eindruck, als hätte sie, keine Ahnung, in einem britischen Film aus den Sechzigern Kohlen von einer Abraumhalde geklaut, sie steckte gerade einen schmutzstarrenden bloßen Fuß in einen meiner besten Winterstiefel und sah mir dabei auch noch direkt ins Gesicht, unverfroren. Der Hund, sagte sie, braucht viel mehr als er von dir kriegt, was für ein Schwachkopf bist du? Darauf ich: Was bist du, die Hundepolizei?, und sie: Neue Schuhe. Du hast mehr Schuhe, als du für deine Füße brauchst, du kannst sie entbehren, und ich wieder: Wie bist du in mein Haus gekommen? Und sie: Leicht, bei so einem Strohkopf wie dir. Lass du mir die Schuhe und den Vogel, und ich überlasse dich Gott, und genau in dem Moment schob das kopflose Ding auf dem Bett einen Kopf hervor, es war ein Vogel, er hatte ihn untergeschoben, unter sein Gefieder, und der Schnabel, den er dabei hervorholte, war unglaublich, so lang wie, ach, länger als alle Schnäbel, die ich bei Vögeln je gesehen habe oder mir hätte vorstellen können, lang und dünn, fein gebogen wie, keine Ahnung, ein sehr schmales Zeremonienschwert, und er reckte sich neben dem Hund meines Vaters, der ja immer noch auf dem Bett saß, in die Höhe, das Vogelgesicht mit diesem Schnabel sah aus, als trüge er eine Pestmaske wie auf den Bildern, wo Leute in Venedig solche vor Jahrhunderten aufhatten, die langen Masken sollten Krankheiten fernhalten, und der Vogel sah mich aus tiefliegenden schwarzen Augen direkt an.

Oh mein Gott, sagte Martina Inglis auf meinem Bildschirm. Es ist der *curlew*, der Brachvogel.

Augen wie kleine schwarze Lichter, sagte ich. Dann erhob er sich schwerfällig, schlug mit den Flügeln, seine Flügelspanne war viel zu groß für das Zimmer, brachte die Lampe zum Schaukeln, machte einen eigenartigen Luftsprung und ließ sich auf der Schulter des Mädchens nieder, sie straffte sie, um das Gewicht aufzunehmen, und sah mich an.

Kann ich die nun haben oder nicht?, sagte sie. Habe ich eine Wahl?, sagte ich. Wo sind deine eigenen? An den Füßen des Seilers, der sie mir von den Füßen gezogen hat. Wann?, sagte ich. Als wir unterwegs waren, sagte sie. Du bist in einer Band?, sagte ich. Ich meine, sie kam mir ziemlich jung dafür vor, mit einer Band zu touren. Doch sie nickte.

Ich war in der Bruderschaft der ehrwürdigen Zunft.

Ich zermarterte mir das Hirn, aber von denen hatte ich noch nie gehört.

Was singen die?, sagte ich.

Alles, was sie wollen, sagte sie, ich bin nicht mehr dabei, sie haben mich rausgeworfen. Macht aber nichts, das Werkzeug ist mein eigenes, ich bin jetzt auf Wanderschaft.

Irgendein Groupie? Sie war viel zu jung dafür, obdachlos und auf Droge zu sein.

Nägel, sagte sie jetzt, Stifte, Zierwerk aller Art, das ist mein Fach. Was muss hier ausgebessert werden? Den armen Hund will ich gar nicht mitrechnen, den du vernachlässigt hast. Dadurch hat er innerlich einen Knacks gekriegt, das musst du wieder richten, das kann ich nicht, aber ich repariere dir was von deinem Hausrat, wenn ich für eine Nacht ein Dach über dem Kopf kriege, ich hab eine ganz passable Hand, Tiegel, Schloss, Feuerrost, Kessel, Leuchter, Beschläge, hält einen Leben lang, mein Wort darauf, ich versteh mich auch auf Messer, hat sich schon so mancher mit einem Messer von mir begraben lassen zum Gebrauch im nächsten Leben.

Sie war high, Gott weiß wovon. Entweder das, oder sie hatte ihre Ausdrucksweise alten Poldark-Episoden abgelauscht.

Aber die Erwähnung eines Messers.

Wie heißt du?, sagte ich.

Lieber nicht, wenn du nichts dagegen hast, sagte sie. Ist besser so. Sie hob den Arm, zauste dem Vogel dabei das Gefieder, riss die Hand in die Höhe und bewegte den Kopf, als stecke der in einer Henkersschlinge, die ihr gerade das Genick gebrochen hätte.

Großer Gott, sagte ich. Mach nicht so was.

Kann ich die Schuhe nun haben oder nicht?, sagte sie.

Sie hatte die Füße in meine guten Stiefel hineingezwängt und bestaunte jetzt den Reißverschluss an einem.

Sie könne die Stiefel haben, sagte ich, wenn sie mir verriet, wer ihre Eltern waren, wo sie wohnten, wie ich sie fand, damit ich ihnen sagen konnte, dass es ihrer Tochter gut ging.

Sie versprach, es zu tun, wenn ich schwor, dem armen Hund zu geben, was er brauchte. Das versprach nun ich. Sie habe ja recht, sagte ich, sehr schlau von dir, ich hatte dem Hund ja wirklich nicht gegeben, was er brauchte, abgesehen von Fressen und Wasser. Das Mädchen nickte, und der Vogel auf ihrem Nacken funkelte mich an, sein Schnabel wölbte sich über Schulter und Brust des Mädchens wie eine Schärpe oder ein Absperrband.

Sie setzte sich auf den Teppich, der Vogel erhob sich für einen Moment und ließ sich wieder auf der Schulter nieder.

Viel Glück, sagte sie, wenn ich nach ihren Eltern

116

suchen wolle, die seien längst tot, und zu ihrer Geschichte sei zu sagen, dass sie sich auf Pferde verstehe. Man habe sie wegen Unzucht fortgejagt, sagte sie. Dann fing sie von einem Heiligen an, eine lange, verworrene Geschichte, mit dem sie es zu tun hatte, irgendeinem Eli oder vielleicht Eloy, der offenbar am selben Ort arbeitete wie sie, und der sollte mal ein Pferd neu beschlagen, dessen Huf entzündet war, weswegen es niemanden in seine Nähe ließ, es bockte und trat aus, hatte schon drei Männer leblos zu Boden geschickt. Dieser Heilige nahm also ein sehr scharfes Messer und schälte das Entzündete komplett vom Fuß des Pferdes ab, und das Pferd stand ruhig auf seinen anderen Beinen und sah zu, als der Heilige das Hufeisen von dem Bein mit der abgeschälten Entzündung abnahm, das Bein frisch beschlug und mit einem heißen Eisen wieder aufbrannte.

Oh, dieser Lloyd, der packt den Teufel wirklich am Schlafittchen, sagte sie. Wenn er ihn mit seiner langen Feuerzange von sich forthält, kommt der nicht näher ran,

und der Vogel auf ihrem Nacken öffnete den Schnabel und schloss ihn, als könne er damit vorführen, wie.

Sie hat das alles mit einer Klarheit geschildert, die ich nicht erwartet hätte oder bei jemandem, der erkennbar so unter Drogen stand, vielleicht gerade hätte erwarten sollen.

Wir hatten ausgemacht, sagte ich, dass du mir sagst,

wo deine Eltern sind und was du erlebt hast, und du tischst mir lauter Unsinn auf.

Wenn ich sage, ich habe das und das erlebt, wie kannst du da behaupten, es sei nicht so? Wenn du mir helfen willst, gib mir Schuhe. Gib mir was, wo ich ausruhen kann, wenn es dunkel ist, Mann.

Du kannst hierbleiben, so lange du willst, sagte ich.

Ich bleib nur so lange wie nötig.

Möchtest du dich vielleicht waschen?, sagte ich. Sie wollte wissen, welcher Monat es war, und als ich sagte, April, sagte sie, nein, sie wasche sich im Mai. Ich ihr also eine Decke geholt, mit ihr nach unten gegangen und aufgepasst, wie sie sich auf dem Sofa damit zudeckt. Sie kam zur Ruhe. Der Vogel hockte sich auf ihre Brust, drehte den Kopf nach hinten und zog den Schnabel wieder unter sich. Der Hund meines Vaters kam auch mit. Er legte sich vor die Couch, als gehöre er zu denen, nicht zu mir.

Ich setzte mich auf die andere Seite des Zimmers und wartete, bis der Besucher eingeschlafen war. Als es so weit war, ging ich ins Netz und gab *Musik Bruderschaft der ehrwürdigen Zunft* ein. Es kam aber nichts, nur ein paar Sachen über die Band aus den Siebzigern, die den Eurovision-Wettbewerb gewonnen hatte, und über eine amerikanische Biermarke. Ich überlegte, wie ich es anstelle, im Internet nach Fotos von Vermissten zu suchen, die ihr ähnelten.

Ich ging durchs Zimmer und wollte mit dem Handy

heimlich ein Foto von ihr machen, das ich allen schicken konnte, die eventuell nach ihr suchten.

Unterhalb des Halses hatte sie eine Hautverletzung, einen Zickzack am Schlüsselbein, sah übel aus, wie eine Brandwunde, die sich entzündet hatte.

Der Vogel mit dem zurückgedrehten Kopf schlug ein schwarzes Auge auf. Das Mädchen hatte auch ein Auge auf und sah mich an.

Was hast du da am Schlüsselbein?, sagte ich.

Eine Pracht, sagte sie. Gerader Strich, wenn es abgeheilt ist.

Sie delirierte. Vielleicht waren es keine Drogen, sondern die Entzündung nach einer so schweren Verbrennung.

Ich hab Salbe im Bad, sagte ich.

Salbe, kenn ich, sagte sie. Ich kann auch heilen, hat man mir beigebracht. Eine Lady mit kaltem Wasser behandeln, das kann ich, auch ein Kind mit O-Beinen, und das heiße Eisen ist gut bei Wunden, vor allem bei Pferden mit Entzündungen am Maul, wenn du ein Pferd mit einem entzündeten Maul hast.

Ich schüttelte den Kopf. Ich habe kein Pferd, sagte ich.

Sie schlug das Auge zu. Schade, sagte sie.

Der Vogel auf der Decke über ihrer Brust schlug das Auge ebenfalls zu.

Jetzt schlug ich am Bildschirm vor Martina Inglis die Augen zu, als spräche ich das Wort *Ende*.

Zählte bis fünf.

Schlug die Augen wieder auf.

Martina Inglis saß in ihrem Riesenzimmer, blickte auf ihrem Bildschirm auf mich und machte große Augen wie ein Kind.

Das war's. Das war alles, sagte ich.

Nein. Da muss doch noch was gewesen sein, sagte sie. Wie ging es weiter?

Weiß ich nicht. Sie war fort, als ich aufstand, sagte ich. Die Decke lag gefaltet auf der Couch. Der Hund an der Tür guckte betrübt. Sie hatte sich die Stiefel genommen. Die Salbe auch. Bei der Salbe war ich froh, dass sie sich die genommen hat. Die Brandwunde muss sich wer ansehen.

Und der Vogel, der Vogel auf ihrer Schulter?, sagte Martina. Das war der Brachvogel. Oder?

Weiß ich nicht, sagte ich. Keine Ahnung. Es war ein Ding der Unmöglichkeit, wenn du mich fragst. Der lange Schnabel, wie kann es sein, dass ein Vogel einen Schnabel dieser Länge hat und den sich nicht jedes Mal bricht, wenn er etwas fressen will?

Das Mädchen in deinem Haus, sagte Martina, das bildest du dir doch bloß ein. Oder?

Nein, sagte ich. Es war echt.

Eine Vision, sagte sie. Desjenigen, der das Boothby-Schloss gemacht hat, oder?

Nein, es war ein Mädchen, das vollkommen weggetreten war von irgendwas, sagte ich, und Drogenkauderwelsch gesprochen hat, und dieses Mädchen ist in mein Haus eingebrochen und hat meine Stiefel gestohlen, weil irgendwer ihm seine gestohlen hatte. Den Vogelkot hab ich auch noch nicht aus dem Teppich raus.

Martina Inglis war begeistert.

Sie rieb sich das Gesicht, schlug die Hände vor den Mund, zog sie weg.

Ein Mädchen. Ich meine, warum nicht? Warum halten wir das immer für undenkbar? Es gab bestimmt welche, jede Wette, es muss welche gegeben haben. Aber sicher nicht viele. *Tiegel, Schlösser, Türbänder, gut in Zierrat.*

Sie schüttelte den Kopf.

Und wegen Unzucht hinausgeworfen, das hat es bestimmt gegeben. Es gab Regeln für die Lehre im Schmiedehandwerk, Geschlechtsverkehr gehörte tatsächlich zu den Verboten, solange man in der Lehre war. Außerdem, das Brandzeichen, das du gesehen hast, was hatte das für eine Form?

Wie der offene Schnabel eines Vogels, sagte ich. Wie das Größer-als-Zeichen in Mathematik. Leuchtend rot, stark entzündet, über Schlüsselbein und Brust hinweg.

Das V-Mal, sagte sie. Das war für Vaganten. Vagabunden.

Sie lebte definitiv auf der Straße, sagte ich.

Die Arbeiterverfügung von 1349, sagte Martina Ing-

lis. Im Lauf der nächsten zwei- oder dreihundert Jahre
dann mehrere Vagabunden-Gesetze. Wer keine Arbeit
hatte oder nicht zur Gemeinde gehörte, dem wurde
der Buchstabe V in die Brust oder ins Gesicht gebrannt. Die Gemeinden wollten nicht für jemanden
von außerhalb aufkommen, deshalb verpasste man den
Leuten alle möglichen Buchstaben als Brandmarken.
Der Buchstabe V war für alle, die kein Obdach hatten
oder umherzogen, fahrende Spielleute zum Beispiel,
ich meine Schauspieler, Tänzer, Schausteller, Künstler.
Sie brandmarkten, wen sie als Ägypter bezeichneten,
daher kommt das Wort Gypsy. Im Grunde alle, die ein
bisschen fremdartig aussahen. Manchmal wurden sie
sogar gehenkt.

Ja, hier geht es aber nicht um Geschichte, sagte ich,
sondern um Gegenwart. Es war ein obdachloses armes
Mädchen von heute. Sie ist regelrecht zusammenge-
zuckt, als sie sich die Salbe auf die Brandwunde getan
hat.

Geschichte ist es trotzdem, sagte Martina. Die heute
stattfindet. Hat sie vielleicht nicht *du entscheidest* gesagt, sondern eher *Fußbekleidung* vor sich hin genu-
schelt, kann es sein, dass du dich verhört hast?

Ich zuckte mit den Achseln.

Und mit den Armengesetzen sollte vor allem festgelegt werden, wo sich die Leute aufzuhalten hatten.
Umherziehen, damit machten sie sich strafbar. Sie
waren gezwungen, da zu arbeiten, wo sie registriert

waren. Eingeführt hat man die Gesetze ursprünglich wegen des Schwarzen Tods, als so viele starben, dass die heimischen Arbeitskräfte dezimiert waren. Und dann kam das Flurbereinigungsgesetz, wodurch Gemeinschaftsland der gemeinschaftlichen Nutzung entzogen wurde, sodass die Leute dort nicht mehr einfach ihr Vieh weiden lassen oder Brennstoff suchen konnten. Gesetzlich sanktionierter Betrug der Erwerbsfähigen. Eine Bevölkerungsexplosion hat die Zahl der Vagabunden danach weiter ansteigen lassen. Noch mehr Menschen, die öffentlich mit heißen Eisen gebrandmarkt wurden, eine perfekte Strategie, um andere in ihre Schranken zu weisen.

V für Vagabunden, sagte ich.

Vieh, sie.

Vaganten, ich.

Versus, sie.

Vergangenheit v Gegenwart. Wir v sie, ich.

VIP-Verträge, sagte sie.

Ha, sagte ich. V für die Fernsehserie aus den Achtzigern, in der machtbesessene Außerirdische mit Raumschiffen in Großstädten auf der ganzen Welt landen und vorgeben, es gut mit uns zu meinen, sich dann jedoch als Ungeheuer entpuppen.

Ich glaub, das hab ich nicht gesehen, sagte sie. Aber V für Victory, ja!

Volt, ich.

Veto, sie.

Virus, ich.

Vakzin, sie.

V für virtuell, sagte ich. Schön, mit dir zu sprechen, auch wenn es nur virtuell war.

Nein, geh nicht, sagte sie. Noch nicht. V für Ausschnitt.

Was?

Für V-Ausschnitt. Und V für den koreanischen Popstar.

Wen?

V, sagte sie. Von BTS.

Von was?

Sie sind genderneutral, sagte sie. Wie eins meiner Kinder. Sie sind das, was bei uns früher Popband hieß, und verändern die Welt mit jedem Song ein bisschen. Hat man mir beigebracht. Auf jeden Fall tanzen sie so viel, wie sie singen.

Woher weißt du in unserem fortgeschrittenen Alter das alles?, sagte ich.

Ich gehe mit der Zeit, sagte sie.

Apropos, sagte ich.

Ich sah demonstrativ auf eine Uhr, die ich aber nicht am Arm hatte.

Sie nickte. Schaute mich via das virtuelle Zwischenreich ernst an.

Danke, Sand. Für das V deines imaginierten Besuchers.

Wie gesagt, sagte ich. Das Mädchen, das in meinem Haus war, war real, sie hat mich wirklich bestohlen, war wirklich kaputt und verdreckt, roch wirklich streng, hatte wirklich eine Wunde, die Verbrennung am Schlüsselbein, die wirklich genässt hat.

Martina Inglis nickte noch einmal.

Ich konnte die verbrannte Erde förmlich riechen, sagte sie.

Ein erstes Symptom, sagte ich.

Und jetzt sehe ich sie im Geiste vor einem Schmiedefeuer am Blasebalg stehen, ich meine, ich sehe sie klar und deutlich.

Ein weiteres Symptom, sagte ich. Du solltest einen Test machen.

Du hast buchstäblich etwas aufgeschlossen, sagte sie. Nicht bloß für mich. In mir. Dass du das für mich tust! Diese Nacht werde ich bestimmt schlafen. Sie sagte, sie sei eine Heilerin, nicht? Du hast mir eine Heilerin oder so zum Geschenk gemacht. Gott, ich fühl mich merkwürdig ... erweitert. Wie hast du das gemacht?

Alles Gute, sagte ich.

Ich schob den Cursor über den Ausschalt-Button und drückte ihn. Der Bildschirm fragte zurück, ob ich sicher sei, dass ich gehen wolle.

Ja.

Vielleicht hab ich mein Leben lang auf dich gewartet, sagte Martina Inglis.

Bye, sagte ich.

Klickte sie weg.

Schaltete den Computer aus.

Auf meinem Schreibtisch lag der Ausdruck eines Bilds von William Blake neben dem Computer.

Darauf steht ein Kind in einem Zimmer, hinter ihm eine geschlossene Tür. Die geschlossene Tür nimmt das ganze Bild ein. Das Kind, nicht ganz in der Mitte, ist dünn und hat die Hände verschränkt, als bitte es um etwas oder als bete es, doch es steht ganz gerade da, nicht unterwürfig, und es blickt am Kopf des Bildbetrachters vorbei, als befinde sich direkt hinter ihm etwas, das dem Kind Entsetzen oder Ehrfurcht einflößt.

Das Kind spricht, ohne es laut zu sagen, das Wort bitte.

Hinter dem Kind liegt ein Hund vor der Tür, er macht eine Flucht unmöglich, der Hund ist wesentlich größer und kräftiger, er hat die Schnauze erhoben, als heule er.

Ist er gefährlich? Ist er gutmütig? Schwer zu sagen, der Hund wirkt wie ein massiver Zugluftstopper. Wir kennen von ihm nichts als seine enorme Größe und das stumme Geheul, das er ausstößt und das sich zwischen ihm und dem Kind zuträgt.

Aus diesem Zimmer kommt man nicht heraus. Es fällt zwar von irgendwo Licht ein, jedoch in keilförmigen Strahlen, so als riegelten die Keile die Tür zusätzlich ab.

Ein Hund, verhungert in seines Herrn Haus, / Sagt Staates Untergang voraus.

126

Ich habe Martina Inglis nicht erzählt (das hab ich, äh, herausgestrichen), dass das Mädchen zum Kaminsims in meinem Schlafzimmer gegangen ist und die Uhr, die mein Vater mir mal geschenkt hat, die grüne Lack-Uhr, von seiner Mutter irgendwann zwischen den beiden Weltkriegen bei Woolworth gekauft, runtergenommen hat, und dass es dann in meinen Stiefeln mit der Uhr, die es von sich weggehalten hat, zum Fenster hinübergegangen ist und sie aus dem Fenster geworfen hat, sodass sie unten auf dem Pflaster zersprang.

Dann hatten sich die Stücke der Uhr – ich habe es mit eigenen Augen gesehen, ich schwöre es –, so zertrümmert, wie sie waren, in die Luft erhoben und waren von der Straße bis auf Höhe der Fenster im Obergeschoss emporgestiegen, wo sie alle einzeln vor dem Haus in der Luft schwebten, aber magnetisch einander zustrebten, als könnten sie wieder zu einer Uhr zusammenfinden – ja, als wollten sie das sogar.

Sie taten es dann auch, sie bildeten aus den Stücken der alten Uhr eine neue mit einem Dekor aus versiegelten Rissen wie eine glasierte und ausgehärtete Keramik.

Das Mädchen hatte sich aus dem Fenster gelehnt und nach der neu-alten Uhr gegriffen, sie wieder zurück durchs Zimmer getragen und auf ihren ursprünglichen Platz auf dem Kaminsims gestellt.

Dann hatte sie sich vor den Bücherregalen auf dem

Boden zusammengerollt, ihr Vogel zwei Etagen weiter oben auf einer Reihe mit Taschenbüchern, den Kopf unter das Gefieder gezogen, der Hund meines Vaters neben ihr, den Kopf zum Schlafen auf den Vorderpfoten wie bei den Artgenossen, die auf der Straße auf Leute aufpassen, die in Eingängen zu Geschäften schlafen.

Bequem sah das für das Mädchen nicht aus, so auf dem Boden, weswegen ich sie mir lieber auf der Couch im Erdgeschoss unter einer warmen Decke dachte, jedoch weiter in der Obhut der Tiere.

Natürlich war da kein Mädchen, auch kein Vogel.

Da waren nur ich und der Hund meines Vaters.

Ich stellte eine Schüssel Hundekuchen der Marke, die der Hund meines Vaters zwar am liebsten fraß, ich mir aber nur zweimal pro Woche leisten kann, neben seinem Kopf auf den Boden. Warf einen Blick auf die Uhr mit den Sprüngen, sah, wie spät es war. Putzte mir die Zähne, ging ins Bett, schaltete das Licht aus und dachte, den Kopf auf dem Kissen, über das Wort nach. Brand. Brandmarken. Brandgeschehen. Brandverhütung. Brandzeichen. Branding.

Die Römer brandmarkten entflohene und wiederaufgegriffene Sklaven mit einem F für *fugitivus*.

Sklaven brannte man den Buchstaben S ein. Als Sklave und Eigentum konnte man jeden beanspruchen, der sich länger als drei Tage in der Gemeinde herumtrieb, in der man heimisch war, man konnte ihm ein S ins Gesicht brennen und ihn anschließend ohne Lohn für sich arbeiten lassen.

Der Buchstabe M war für Missetäter und Frevler.

Der Buchstabe A für Adultera.

Der Buchstabe U für Umstürzler und Unruhestifter, die die bestehende Ordnung der Dinge offen infrage stellten oder zur Auflehnung dagegen aufriefen.

Das Brandeisen im Feuer der Esse mit dem Buchstaben V, weiß glühend in der Hitze.

Fürs Leben gezeichnet.

Amboss oder Hammer sein.

Oberfläche vs. Tiefe:

Und wenn man sagt, einer ist nicht gerade aus hartem Holz geschnitzt, heißt das, er ist ein Schwächling, sagte ich zu meinem Vater. Der ist gut.

Leise, die Krankenhausluft strömte durch meine Maske, erzählte ich ihm von dem Buch über Wörter, das ich gelesen hatte.

Benutzt besonders von Armen, Gaunern und Vagabunden, mit anderen Worten von denen, die Ende des siebzehnten Jahrhunderts am Rande der Gesellschaft lebten, sagte ich. Ein Dietrich oder ein Peterchen war ein Schlüssel, mit dem man jedes Schloss aufkriegte. Ein Nassauer war jemand, der regelmäßig mit anderen einen trinken ging, aber nie seine Geldbörse dabeihatte. (Darüber, dachte ich, muss er bestimmt lachen.) Und wenn dir das gefällt, werden dir auch die Wörter gefallen. Lord war damals ihr Wort für verschlagene Menschen, für Gauner. Und ein Märchenerzähler war ein Gehilfe, den man verlieh und der anderen beim Einschlafen half, indem er ihnen einen Haufen Unsinn vorschwatzte. Mit anderen Worten, ein Autor.

Mein Vater lachte wie ein Beben klaftertief im Meer. Mein Vater / nicht mein Vater in dem Bett. Kurze Besuche waren auf Normalstationen nun wieder gestattet, wenn man Maske und Handschuhe trug und Abstand hielt. Mein Vater befand sich in einem Zwischenreich, war mal bei Bewusstsein und mal nicht und so müde, dass er zeitweise immer wieder woanders war, erfuhr ich von Viola, der für ihn zuständigen Schwester. Er würde aber spüren, dass ich da war, sagte sie. Ich sollte mit ihm sprechen. Erzählen Sie ihm etwas, sagte sie.

Was konnte ich ihm noch erzählen?

Brachvögel tauchen schon in einem der frühesten englischen Gedichte auf, sagte ich in die Hoffnung hinein. In einem zum Beispiel, das schon tausend Jahre alt ist, einem der ersten schriftlichen Zeugnisse englischer Dichtung, kommen Zeilen vor, in denen es um einen Brachvogel gehen könnte. Das Gedicht handelt von jemandem, der meilenweit weg ist vom Land, er war sehr lange mit dem Boot auf See gewesen, und es ist so etwas wie ein Gebet über unser Alleinsein und übers Überleben. Darin kommen alle Jahreszeiten vor, oder das lyrische Ich reist mit seinem Boot durch alle Jahreszeiten und hat als Gefährten nur das Meer und das Leben darin. Aber, Dad, genau genommen, deswegen gefällt es mir ja so gut, ist dieses lyrische Ich gar nicht allein, weil *ich* das Gedicht ja lese oder höre, oder du, falls du es liest. Auch ein Gespräch mit jemandem oder etwas, das schweigt, ist ein Gespräch.

Plus, ich meine, stell dir mal vor. Wir, in ferner Zukunft, lesen dieses Gedicht immer noch, ich sitze hier und erzähle dir davon, über tausend Jahre nachdem es geschrieben wurde. Es ist doch ein wahres Wunder, denke ich, dass das lyrische Ich jedes Mal, wenn jemand das Gedicht liest, eben *nicht* allein ist. Jedenfalls, mitten auf hoher See sagt der Mann auf dem Boot, die Rufe der Basstölpel und die Schreie der Brachvögel ersetzen ihm nun das Lachen anderer Menschen. Sie haben mit anderen Worten den Platz fröhlichen Lärmens von Menschen eingenommen, die mit anderen zusammensitzen, sagte ich durch die Maske in die Stille zwischen den Piepsern.

Mein Vater, auf hoher See.

Oder war ich auf hoher See?

In der Meeresluft liegt beides zugleich, Fröhlichkeit *und* Traurigkeit, sagte ich. Als seien Fröhlichkeit und Traurigkeit natürliche Reisegefährten. Und vielleicht hatte das lyrische Ich dieses Gedichts *immer* das Gefühl, gestrandet zu sein, abseits zu stehen, ich meine in Gesellschaft anderer, auch wenn es weit weg vom Meer war.

Ich saß da, und die Worte, die ich ausgesprochen hatte, fielen in die Krankenhausluft.

Piep.   Piep.

V für Visite.

Er war irgendwo, wohin ich nicht vordrang, dessen Fenster sich mir nicht erhellten.

Oder ich saß in der Dunkelheit, und er war in einem lichten Anderswo.

Aber unterhalten haben wir uns prächtig, eins der besten Gespräche, die wir je hatten, haha.

Er würde darüber lachen, oder?, wenn er zu sich kam und ich ihm berichtete, was er sich von mir alles hatte anhören müssen.

Du bist jetzt über mich hinaus..

Er zu mir, dem Schulkind.

Du bist jetzt weit über mich hinaus..

Er zu mir, der Studentin.

Es tat weh – tut – im Herzen weh.

Ich saß jetzt mit dem richtigen Abstand an der Tür seines Lagerraums.

Brachvögel gelten als Kurzstreckenzieher, sagte ich. Manche verlassen das Land, andere ziehen, je nach Jahreszeit, nur durch Großbritannien. Numenius arquata. Falls ihr Gattungsname aus dem Griechischen stammt, beschreibt er die Krümmung des Schnabels, die an den Neumond oder an den Bogen eines Schützen erinnert. Falls er aus dem Lateinischen stammt, besagt er womöglich außerdem, dass Brachvögel numinos sind, eine göttliche Präsenz anzeigen; dann hätte dem, der einen Brachvogel sieht, Gott en passant zugenickt. Angeblich sind es die wildesten Vögel von allen, völlig unzähmbar. Sie können dreißig Jahre alt werden. Und sind heute besonders gefährdet. Vogelschützer vermuten, dass sie in acht Jahren in Großbritannien komplett ausgestorben sein werden. Das ist weniger als ein Drittel der Lebensspanne eines Brachvogels.

Dann ist Brachvogelbrache.

Viola kam und bedeutete mir, dass die Besuchszeit vorbei war.

Sie sagte noch einmal, ich könne sie zu jeder Tag- und Nachtzeit auf dem Handy anrufen, wenn ich mir Sorgen machte oder den aktuellen Stand wissen wolle; sie würde mich sofort anrufen, wenn irgendetwas und so weiter.

Ich sagte noch einmal, wie dankbar ich ihr sei, und dass ich sie gern umarmen wolle.

Bald, sagte sie, und ihre Augen lächelten, aber sehr erschöpft.

Ich ging die Treppe hinunter und ins Freie. Lief zum Auto auf dem Parkplatz hinüber. Doch statt einzusteigen, ging ich zu der niedrigen Einzäunung, deren rostiges Eisen jetzt stellenweise herabhing, weil im Laufe des letzten Jahres etliche von uns an den Tagen, an denen wir nicht hineindurften, in sicherem Abstand voneinander darauf gesessen und zu dem Gebäude hinaufgesehen hatten, in dem sich unsere Angehörigen befanden.

Ein Busfahrer.

Eine Kantinenangestellte.

Ein Buchgestalter.

Ein Lehrer.

Auf der Straße angesteckt.

Bei meinem Bruder angesteckt.

Gott weiß wo angesteckt. Isoliert, bis sie denen, die sich

isolierten, gesagt haben, es sei ungefährlich, wieder rauszu-
gehen.

Wegen eines Ohnmachtsanfalls reingekommen und im
Krankenhaus angesteckt.

Marathonläufer, Gesundheitsfanatiker, noch nie krank gewesen.

Krankenschwester. Massenhaft Danksagungskarten bekommen, wir kriegen zu Hause die Kommodenschubladen gar
nicht mehr zu.

Den Garten voller Dahlien, jedes Jahr prämiert, so schön
sind sie.

Wir haben nur ein Mal im Restaurant gegessen.

Ich gehe jeden Tag zu seinem Haus und ziehe die Toilet-
tenspülung, damit keine Ratten durch die Leitung raufkom-
men.

Wir hatten so viel Spaß. Wir haben uns total betrunken,
waren glücklich und sind an allen Restaurants den ganzen
Pier entlang bis zum Leuchtturm gerannt, und da haben wir
uns auf die Straße gelegt und uns die Bäuche gehalten vor
Lachen, und die Leute, die an uns vorbeikamen, mussten
auch lachen, weil wir gelacht haben.

Ich bin wieder gesund geworden und er nicht.

Meine Mutter. Meine Schwester. Mein Vater. Mein Bruder. Meine Liebste. Mein Partner. Mein Freund.

Ich hatte genickt.

Hatte wie sie zu dem Gebäude hinaufgestarrt, und
wir hatten Sätze gesagt wie

wir sind nicht allein

und

Sie sind nicht allein.

Sie waren mir vertraut, die Grashalme in dem rissigen Pflaster und der Schössling irgendeiner Pflanze (keine Ahnung, von welcher), der sich im löchrigen Asphalt neben der Bushaltestelle nach oben kämpfte.

Das Unkraut, das an der Seite dieser Bushaltestelle wuchs, war hartnäckig.

Realität vs. Fake:
Der Hund meines Vaters begann zu bellen. Das tat er, weil vor dem Haus jemand herumschrie. Ich ging von meinem Arbeitszimmer durchs Haus nach vorn. Sah aus dem Fenster.

Es war einer der Pelf-Zwillinge.

HIER WOHNT EIN FAMILIENSPRENGER.

Ich machte die Tür auf. Es war der CELINE-Zwilling, ich war mir ziemlich sicher. Eden.

Was soll das werden?, sagte ich.

Ich sage allen, die das Pech haben, in deiner Nähe zu wohnen, was du wirklich bist.

Sie wandte sich zur Straße zurück und rief:

DIE FRAU, DIE HIER WOHNT, IST EINE VERBLENDETE WOKE UND BENUTZT DIE PANDEMIE ALS VORWAND FÜR IHRE ABARTIGKEIT.

Ein kleiner Teil meiner Nachbarn hatte sich auf der anderen Straßenseite vor ihren Häusern eingefunden. Steve war da und Carlo, Marie und Jaharanah und Madison und Ashley. Ich winkte ihnen zu. Sie winkten zurück.

Alles gut, Sand?, rief Jaharanah herüber.

Bis jetzt, sagte ich.

Dann fing ich auch an zu rufen.

DIE FRAU, DIE HIER VOR MEINEM HAUS HE-
RUMSCHREIT, IST EIN JAMMERLÄPPCHEN.

Wie hast du mich gerade genannt?, sagte Eden Pelf.

SIE IST EINE RINGELTAUBE, rief ich. EIN HERZ-
CHEN. EIN STRASSKNOPF.

Hör auf, mich zu beschimpfen!, sagte sie.

Und begann zu weinen.

Jammerläppchen, was soll das heißen?, sagte sie. Wie
kannst du es wagen, so was über mich zu sagen.

Hör mal. Möchtest du einen Tee?, sagte ich. Bleib
hier, ich bring dir einen.

VON MIR AUS KANNST DU STERBEN, rief sie
unter Tränen.

Sie schluchzte nun.

Was hast du mit meiner Mutter gemacht?, stieß sie
zwischen den Schluchzern hervor.

Ist eure Mutter immer noch verschwunden?, sagte
ich.

Nein, sagte Eden. Sie ist zu Hause. Sie … Sie ist da,
aber wir erkennen sie nicht wieder.

Bevor ich einen Schritt zurücktreten konnte, war
sie schon tränenüberströmt gegen mich gesunken und
klammerte sich an mich.

Ach herrje, sagte ich. Oh nein.

Ich streckte die Arme von ihr weg.

Ich muss mich echt hinsetzen, sagte sie. Ich glaub,
ich werde ohnmächtig.

Ich machte die Fenster nach vorn weit auf und setzte sie ins Wohnzimmer. Ging mir die Hände waschen. Als ich wiederkam und in der Tür stehen blieb, schritt sie die Bücherregale ab.

So viele Bücher, sagte sie.

Viel weniger als früher, sagte ich. Ich reduziere nach und nach die Bestände.

Warum denn?

Ich werde älter.

Es ist krank, so was zu sagen, sagte sie.

Danke.

Arbeitest du vau zett ha?, sagte sie. Ich ja.

Ich weiß nicht. Tu ich das?

Das bedeutet von zu Hause arbeiten, sagte sie.

Ja, sagte ich. Ich hab mein Atelier hinten im Garten.

Was, der alte Schuppen?, sagte sie.

Der alte Schuppen.

Was machst du?

Ich bin Malerin, sagte ich.

Und Raumgestalterin?

Nein, sagte ich. Die andere Sorte.

Bist du von deinem Job zwangsbeurlaubt?, sagte sie.

Nein, sagte ich. Ich lebe von meinem Notgroschen.

Ich war zwangsbeurlaubt, zuerst, sagte sie. Aber voriges Jahr kam ein dicker neuer Auftrag rein, die Verwaltung ist durchgedreht, und wir mussten Sachen organisieren, von denen wir null Ahnung hatten, und haben es auch nie richtig hingekriegt.

Aha. Wie trinkst du deinen Tee?, sagte ich.

Ich will keinen Tee, sagte sie. Ich will überhaupt nichts. Es schmeckt alles grauenhaft.

Aha, sagte ich. Äh, oh.

Wie verdorben, sagte sie. Es fühlt sich alles heiß an, und ich hab dauernd diesen Geruch in der Nase, es schmeckt alles gleich. Hab ich jetzt seit zwei Monaten. Ich würde am liebsten nie wieder was essen.

Warst du lange krank?, sagte ich.

Ich war nicht krank, sagte sie. Ich werde nicht krank. Aus irgendeinem Grund konnte ich eines Tages nicht mehr so schmecken wie früher. Inzwischen schmecke ich nicht mal Sachen, die viel Geschmack haben, Würziges zum Beispiel. Ich kann noch nicht mal mehr ein Stück Brot mit Genuss essen.

Das wird wieder, sagte ich. Anscheinend ja mit der Zeit. Das mit dem Geschmack und dem Geruch.

Und was, wenn nicht?, sagte sie.

Vielleicht wirst du eine Zeit lang mit der Möglichkeit leben müssen, sagte ich.

Ihr Gesicht nahm einen ganz verzagten Ausdruck an.

Ich hasse das, sagte sie. Ich möchte, dass ich wieder schmecken kann wie früher. Alles soll wieder so sein, wie es früher war.

Ich setzte mich auf die Armlehne des Sessels, der auf der anderen Seite des Zimmers stand, so weit entfernt wie möglich.

Jetzt machst gleich du einen Witz und sagst, ich wäre geschmacklos, genau wie Lea, sagte sie.

Wir stehen gerade alle ganz schön unter Druck, sagte ich. Es liegt viel Gereiztheit in der Luft, nicht bloß, weil so viele krank sind. Da hat sich viel Verzweiflung angestaut und noch mehr Wut als früher.

En zett de i, ich bin nicht wütend, sagte sie und trocknete sich mit dem Ärmel die Tränen.

Sie sagte es wütend.

Wir schaufeln schon ein halbes Jahrzehnt löffelweise Wut in uns hinein, sagte ich. Es ist nicht das erste Mal, dass jemand vor meinem Haus herumgeschrien hat.

Wohl noch eine Familie, die du gesprengt hast?, sagte sie.

Ich saß in demselben Sessel wie du jetzt, irgendwann, ein paar Jahre v. C., vor Covid, saß bloß da und las ein Buch. Und plötzlich schrien ein Mann und eine Frau, die ich nicht kannte und nie wieder gesehen habe, draußen herum. Einen Augenblick später wurde mir klar, dass sie mein Fenster anschrien. Mich beschimpften. Ich das Fenster aufgemacht und gefragt, was los sei. Die Frau sagte, mein Wohnzimmer mache sie echt wütend. Dann sagte der Mann, ich wäre faul. Ich hatte nicht die leiseste Ahnung, wovon die sprachen, bis mir klar wurde, dass sie wütend auf meine Bücher waren.

Die haben wegen deiner Bücher herumgeschrien?, sagte Eden Pelf.

Komisch, sagte ich. Als Kind dachte ich immer, ein Zimmer mit Büchern zu tapezieren sei das Aufregendste, was man damit machen konnte.

Was hast du zu denen gesagt?, sagte sie.

Dass ich Bücher wichtig finde, sagte ich.

Warum?

Hm, sagte ich. Na ja, weil ich glaube, sie sind es. Und sie haben gesagt, ich wäre Abschaum, Bücher wären Platzverschwendung, und ich wieder, Platz wäre nie verschwendet, und der Mann hat gesagt, ich soll mein Maul halten, und dann die Frau, ich soll nicht noch mehr Widerworte geben und ihn weiter reizen. Dann sind die gegangen. Und ich hab weitergelesen.

Nein, ich meinte, warum *sind* Bücher wichtig?, sagte sie.

Abgesehen davon, dass sie eine Freude sind?, sagte ich. Weil sie, hm, eine Möglichkeit sind, eine andere Vorstellung von uns zu gewinnen.

Und warum sollten wir das wollen?, sagte Eden.

Warum sollten wir nicht?, sagte ich.

Ist es das, was du mit unserer Mutter angestellt hast?, sagte sie.

Pff, sagte ich.

Eden ließ jetzt den Blick durchs Zimmer schweifen, als suche sie nach Anhaltspunkten, blickte zur Decke, zu den Türen nach hinten, als überlege sie, ob ich noch andere Mütter irgendwo versteckt hielt. Aber dann –

sagte sie: Oh!

Sie zog ein Buch aus dem Regal neben sich.

Die Cottingley-Feen!, sagte sie. Woher kennst du die Cottingley-Feen?

Hundert Jahre alte Fake News, sagte ich.

Ich glaub's nicht.

Sie saß da und blätterte in dem Buch.

Die mag ich sehr, sagte sie. Ich hab mal ein Referat darüber geschrieben. Das waren alles Spätfolgen eines Krieges. Die Menschen tot, da wollte man glauben, dass Feen wirklich existierten. An die hab ich jahrelang nicht mehr gedacht.

Sie legte sich das Buch auf den Schoß.

Unglaublich, sagte sie, dass so lange niemand beweisen konnte, dass die Fotos gefälscht waren, nicht mal das von Sherlock Holmes, ich meine, der von den Büchern, nicht der Fernsehserie. Er hat gesagt, durch diese Bilder habe das britische Volk aus den Geleisen seiner Trübnis herausgefunden. Nicht dass es ihn geschert hatte, dass sie eine Fälschung waren, er glaubte nämlich an Geister und solchen Quatsch.

Sie schlug das Buch noch einmal auf.

Das Tolle an den Feen auf den Bildern ist, ihre Frisuren sind ganz modern, ich meine, für die Zeit, schau –

Sie bog das Buch weit auseinander und hielt es mir hin.

– und hier sieht es aus, als halte die Fee, die das Mädchen ansieht, ich weiß nicht mehr, welche von beiden es ist, Emily oder die andere, ihr eine Blume hin, und die sieht ganz echt aus, alles, die waren echt clever. Im Grunde waren es bloß Kinder, die nicht wussten, was sie den Sommer über mit sich anfangen sollten und die ganze Welt an der Nase herumgeführt haben. Und du hast ein Buch über die, das muss man sich mal vorstellen. Als ich noch klein war, in Amelies Alter meine ich, habe ich wirklich daran geglaubt, nicht bloß an die auf den Fotos, sondern generell an so was. Wenn ich mir heute überlege, wie fest ich daran geglaubt habe. Wenn Blätter an einem Strauch in der Brise raschelten, dachte ich, so klingt es, wenn die sich unterhalten. Und gleichzeitig wusste ich, dass das nicht wahr ist. Hat mir richtig Spaß gemacht, das Referat darüber zu schreiben, das war in Kunst, in der Schu –

Sie hatte den Buchrücken zu weit aufgebogen, und das Buch zerbrach in ihren Händen in zwei Teile.

Oh nein. Oh. Tut mir wirklich leid.

Ist nicht schlimm, sagte ich. Wirklich, mach dir keine Gedanken, schon gut.

Das ist mir sehr peinlich. Ich hab es kaputt gemacht. Ich besorg dir ein neues, sagte sie.

Nicht nötig, sagte ich. Du kannst es sogar haben, wenn du willst. Die beiden Teile. Ich brauche es nicht noch einmal zu lesen.

Sie starrte mich an.

Wie, zum Behalten?

Ja.

Das kann ich nicht machen, sagte sie.

Wie du willst, sagte ich. Nimm's, wenn du es gern hättest. Sonst geht es ins Recycling.

Sie begann wieder zu weinen.

Entschuldigung, sagte sie. Es ist der Gedanke an Feen, auch wenn es die nicht gibt, im Recycling. Und an diese Mädchen von vor hundert Jahren, die es mal gab. Im Recycling.

Sie schob die Hand in ihre CELINE-Tasche und zog mit dem Handy auch eine Handvoll Papiertaschentücher hervor.

Oh. Oh nein. Oh was? Das ist echt gruselig, sagte sie.

Sie schaute auf ihr Handy, wischte darauf herum.

Tot, sagte sie.

Sie drückte. Nichts. Drückte noch einmal.

Seltsam, total tot, sagte sie. Guck. Was ist da los?

Panik überkam sie.

Akku ist leer, sagte ich.

Ich hab es heute früh aufgeladen, sagte sie. Das sollte nicht passieren, so was sollte einfach nicht passieren, das darf nicht passieren, das ist falsch, ganz falsch.

Sie schüttelte es. Drückte noch einmal.

Oh Gott, sagte sie. Oh nein.

Bootet bestimmt bloß neu, sagte ich.

Nein, sagte sie. Es reagiert nicht.

Sie drückte irgendwo drauf. Schüttelte es. Drückte noch einmal.

Lass mich mal, sagte ich.

Ich ging durchs Zimmer, hielt die Hand so weit von mir weg, wie ich konnte. Nahm das Handy, drückte die Ein-Taste und zählte bis fünfzehn. Das Handy leuchtete auf.

Das gibt's doch nicht, sagte sie. Wie hast du das gemacht? Ach, Gott sei Dank.

Drück einfach länger auf diese Taste hier, wenn so etwas noch einmal passiert, sagte ich.

Sie steckte das zerbrochene Buch in die Tasche und stand auf.

I em ge, sagte sie. Bedeutet ich muss gehen.

Das musst du wissen, sagte ich.

I em er, sagte sie. Ich muss rennen.

An der Haustür drehte sie sich um.

Danke. Dass du mein Handy zum Laufen gebracht hast.

Hat nichts mit mir zu tun, sagte ich. Das waren die Feen.

Sie schaute verdutzt. Dann grinste sie breit.

Ich sah ihr nach, als sie zur Straße ging, ins Auto einstieg und die Tür zumachte, sah ihr nach, als sie davonfuhr. Dann machte ich meine Tür zu, desinfizierte mir die Hände und nahm ein Bad.

Tragödie vs. Farce:

Ich setzte mich ans Fenster und machte eine Pause von einem Dylan-Thomas-Gedicht, an dem ich gerade arbeitete.

Seit Beginn der Pandemie übermalte ich dieses Gedicht immer wieder mit neuen Schichten, in Weiß-, dann Grün-, dann Gold-, dann noch mehr Weiß-, dann Rot- und nun schließlich in Grüntönen. Zufällig hatte ich vor Monaten die Wörter *curlews* und *curlew* zwischen die Schichten eingefügt, an die ich vorher oder vor dem Gedicht nicht einmal gedacht hatte.

Darin beschwört Dylan Thomas die Wünsche und Sehnsüchte aller Menschen, die je gelebt haben und gestorben und zu Staub verfallen sind und die weiterleben in uns, die wir unsererseits sterben werden, und aller Menschen nach uns, die dereinst leben und sterben werden. Diese Sehnsucht imaginiert er als ein unauslöschliches Feuer in der Dunkelheit, und überall im Gedicht wirft er Bilder des Brachvogels an den Himmel.

Ich hatte beim ersten Wort angefangen und mich zum letzten vorgearbeitet, war gerade beim vorletzten angekommen, *wie.* Danach blieb nur noch das Wort

Feuerwerk zu tun. Diese letzten Wörter waren grün und würden es bleiben, und ich sann gerade über die Vorstellung eines grünen Feuers nach – was würde geschehen, wenn beide Wörter zusammentrafen? –, als das Wort *Scharlachrot* auf einem Buchrücken im Regal neben meinem Kopf aufleuchtete.

Was war das für ein Buch?

Der Scharlachrote Buchstabe.

Ich zog es heraus.

Es war ein Taschenbuch, so alt wie ich und noch unberührt. Bisher hatte niemand dieses Buch gelesen, ich eingeschlossen. Ich hatte es vor vierzig Jahren an einem Samstag auf dem Markt bei einem Secondhand-Buchhändler gekauft, und es hatte überall, wo ich seitdem gewohnt habe, unaufgeschlagen in meinem Regal gestanden.

Ich schlug es auf.

Auf der vorderen Umschlaginnenseite stand mit Bleistift 10p. Darunter hatte jemand mit rotem Kuli geschrieben:

Für dich, in Bewunderung, Nathaniel Hawthorne.

Ein Witz, zweifellos.

Jedenfalls war es ungelesen an dem Secondhand-Stand gelandet, ergo hatte derjenige, der das Buch irgendwem schenkte, den Witz nicht kapiert oder nicht goutiert oder nicht in dem Buch haben wollen.

Ich wusste ein bisschen über die Geschichte; es ist ein klassischer Roman. Vielleicht hatte ich ihn deshalb nie gelesen. Vielleicht dachte ich, ich kenne das alles schon.

Was, wenn ich das nächste Mal einen Roman malte statt eines Gedichts?

Wenn ich etwas so Umfangreiches wie diesen Roman fertig gemalt hätte, befänden wir alle uns vielleicht längst in der nächsten Etappe dieser Zeit unseres Lebens, wie immer die aussehen mochte, wären durch die Tragödie durch, hätten die Farce hinter uns.

Erste Seite:

Bärtige, dunkel gekleidete Männer mit hohen grauen Hüten, dazwischen Frauen mit weißen Hauben oder bloßem Haar, *standen dicht gedrängt vor der schweren eisenbeschlagenen Tür eines düsteren Holzbaus.*

Dunkle Kleider. Kleidung für den Kirchgang. Männer und Frauen, zum Teil barhäuptig, hier ging Ungeheuerliches vor. Eiserne Beschläge.

Ich blickte ans Ende der Seite.

Die neue Welt. Kirchhof. Gefängnis.

Schlug zur nächsten Seite um.

Ein Rosenbusch hat sich durch wunderlichen Zufall am Leben erhalten.

Pflücken wir eine Blüte ab und reichen sie dem Leser.

Oh, das ist gut!

Arbeitete ich mich vom ersten zum letzten Wort vor oder vom letzten zum ersten?

Sich von vorn nach hinten vorzuarbeiten, wenn man einen Text in Öl überführt, verleiht der Sache Gewicht, wirkt schlüssig, ist befriedigend. Es kann auch zu starr und steif sein, sich als Korsett erweisen. Sich von hinten nach vorn vorzuarbeiten hat hingegen etwas Übereiltes und Unsicheres. Weiß man aber, dass die fertige Oberfläche, die sich dem Auge darbietet, ein Anfang ist und kein Ende, befreit das die abgeschlossene Arbeit aus dem Korsett. Während des Malvorgangs kommt es einem streckenweise allerdings vor, als führe man in waghalsigem Tempo auf der Autobahn rückwärts, neben sich die anderen Wagen, die alle vorwärtsrasen.

Ganz gleich, wie herum, es geht einzig und allein um den Aufbau der Farbschichten.

Eine weitere Dimension tritt hinzu, vergleichbar dem Geschehen zwischen den Wörtern, ihrer physischen Umsetzung und den materiellen Gegenständen, die wir Bücher nennen.

Ich schlug zur letzten Seite des Buchs um:

unsere nun beendete Geschichte ..., die so dunkel ist und nur durch einen glühenden Lichtpunkt aufgehellt wird, der noch düsterer ist als selbst ihr Schatten:

»*AUF SCHWARZEM FELD, DER BUCHSTABE A IN ROT*.«

Rot.

Hawthornes Rot ist das heraldische Rot, wie auch Shakespeare es für Blut oder für die Farbe des Blutes verwendet, beispielsweise im *Hamlet*, wo es zusammen mit heraldischem Schwarz erscheint, als er einen Krieger schildert, der erst im dunklen Innern des Trojanischen Pferdes versteckt ist und danach, dem Pferd entstiegen, beschmiert ist mit dem Blut der Familien, die er ermordet.

Der Krieger trägt den Namen Pyrrhus. Wie bei Pyrrhussieg.

Finge ich mit dem Schluss des Buchs an, hätte ich an der Oberfläche Rosenrot, überlagert von *düster* (und müsste entscheiden, was für eine Farbe ich dafür nähme, weil keine Farbe an sich düster ist). Finge ich jedoch am Anfang an, hätte ich zum Schluss ein leuchtendes heraldisches Blutrot.

Ich wollte gerade auf dem Handy nachsehen, ob ich mir bloß einbildete, dass der Name Pyrrhus auch rot bedeutete, vor allem das leuchtende Rot eines Feuers, als

klopf klopf.

Haustür.

Der Hund, bellt.

Ein Pelf-Zwilling stand auf der Fußmatte.

Das Gesicht die Entschlossenheit selbst. Es war Lea, zu ihren Füßen eine dicke Reisetasche.

Machst du eine schöne Reise?, sagte ich.

Ich wusste nicht, wohin ich sonst soll, sagte Lea.

Lockdown. Nicht ganz einfach, sagte ich. Tut mir sehr leid. Aber es gibt schon noch Mittel und Wege, aus dem Land zu kommen. Oder man macht Urlaub daheim.

Nein, ich bin obdachlos. Er hat mich rausgeworfen.

Wer?

Lea hob die Brauen.

Ich bin offenbar nicht so, wie man als Mädchen sein soll. Und ich werde nie der Sohn und Erbe sein, den er sich gewünscht hat. Plus diverse andere Klischees. Tja, hat er recht.

Ich dachte, rausgeworfen hätte er dich schon vorher, sagte ich.

Ich hab im Arbeitsraum über der Garage gewohnt. Das war als Verbannung auf Zeit gedacht, damit ich endlich Vernunft annehme. Aber weil ich keine Vernunft angenommen habe, möchte er mich jetzt auch aus der Garage verbannen. Ich besudele seinen Audi.

Ach herrje, sagte ich. Was sagt deine Mutter dazu? Wie findet sie das?

Ist sie nicht bei dir?, sagte Lea.

Nein.

Oh.

Unangenehme Pause.

Lea Pelf stand da und schwieg.

Dann:

Meine Schwester hat gesagt, du wärst richtig nett zu ihr gewesen, als sie hier war.

Ja, hier gewesen ist sie, sagte ich.

Lea trat von einem Bein aufs andere.

Ich weiß nicht, wo ich sonst hinsoll.

Du hast Freunde, sagte ich.

Niemanden, der unkompliziert genug wäre, sagte Lea.

Arbeitskollegen, sagte ich. Du musst doch Geld haben. Bei deinem bombastischen ei-ti-Job bei Insta.

Ich habe in dem Sinne keine Kollegen. Ich arbeite von zu Hause aus. Früher zumindest. Später von der Garage. Letztlich bin ich ein Kuli, da ist nichts Bombastisches dran. Ich bin nur ein menschliches Auge, unterste Ebene.

Wie soll ich das verstehen?, sagte ich.

Ich scanne Sachen für mehrere Firmen und prüfe sie auf Daten, die die Scannersoftware übersehen oder falsch gelesen haben könnte, damit man sie nicht verklagen kann. Auf der untersten Ebene verdient man als menschliches Auge bloß kleines Geld.

Da hast du wohl juristische Kenntnisse.

Nein. Sie schicken uns bloß einen Download mit einer Liste von Dingen, auf die wir achten sollen. Wenn wir was von dieser Liste in einem Content finden, leiten wir es an die Anwälte und deren menschliche Augen weiter. Ich müsste jetzt eigentlich dran sitzen. Ich bin schwer im Rückstand.

Womit?

Mit meinem Tagessoll.

Lea schlang die Arme um den Körper, kalt.

Wo ist dein Mantel?

Zu Hause. In der Garage, sagte sie. Ich bin bloß in einen Zug gesprungen und hierhergefahren.

153

Es muss doch warme Räume geben, in denen du arbeiten kannst, sagte ich. Was ist mit der Bibliothek? Ach nein.

Ich hatte vergessen, dass die Bibliothek jetzt Luxuswohnungen waren.

Einer meiner Freunde wohnt sogar im ehemaligen Lesesaal, sagte Lea. Fantastische Architektur. Gewölbedecke.

Na also. Da könntest du doch hingehen, sagte ich.

Na ja, Freund ist übertrieben. Eher Boss. Eigentlich kenne ich den gar nicht. Gott, wenn die wüssten, dass ich nichts habe, wo ich arbeiten kann. Die werden gerade meine Zahlen kontrollieren. Die Maschinen beobachten uns, wie Habichte, wollte ich gerade sagen, aber es ist schlimmer, sie beobachten uns wie Maschinen. Sie melden alle zwanzig Minuten zurück, woran wir sitzen und wie viel wir schon haben, und wir kriegen Punkte und werden täglich beurteilt.

Cafés, sagte ich. Die sind nett und warm. Heizstrahler draußen. Hotellounges, freies WLAN, ein bisschen Glamour. Lassen Hotels jetzt wieder Leute in ihre Lounges?

Du kommst mir so cool vor, wie eine Göttin, sagte Lea.

Ich tue was?, sagte ich.

Als hättest du echt den Durchblick, sagte Lea.

Sie war puterrot im Gesicht.

Äh, sagte ich. Du kannst nicht hierbleiben. Du kannst nicht mal *rein*kommen.

Es war nett von dir, Eden reinzulassen, sagte Lea.

Da blieb mir nichts anderes übrig, sagte ich. Bei der Verfassung, in der sie war.

Sandy, du bist echt toll. Wie du meinem Vater Kontra gegeben hast, als es um meine Gefühle ging. Du hast es ihm laut und deutlich am Telefon gesagt, hast dich nicht einschüchtern lassen. Du warst großartig. Du hast geredet, und er musste zuhören. Du bist ein Katalysator, eine Offenbarung. Du hast aus unserer Mutter einen lebendigen Menschen gemacht. Bis jetzt war sie wie tot. Du bist das, was unsere Familie die ganze Zeit gebraucht hat. Du bist erstaunlich.

Bitte, sagte ich. Lea, hör auf.

Ich glaub, du bist der Grund, weswegen er mich rausgeworfen hat, sagte Lea.

Manipulatives Gerede kannst du dir bei mir sparen, sagte ich. Dafür bin ich zu klug.

Klug, das bist du tatsächlich, sagte Lea. Ich glaub, ich hab noch nie jemanden kennengelernt, der so klug ist.

Du hast bis jetzt noch keine zwanzig Minuten mit mir verbracht, sagte ich.

Das merkt man doch auf Anhieb, sagte Lea.

Das ist verrückt.

Doch Lea sah gerade auf ihr Handy. Ihr Gesicht verlor die Farbe.

Oh Gott, sagte Lea.

Was?

Die Arbeit, wie ich's dir gesagt habe. Ich hab jetzt

zwei Einträge wegen fehlender Zahlen gekriegt. Oh Gott.

Lea setzte sich auf die Stufe vor meiner Haustür und öffnete den Reißverschluss der Reisetasche, holte einen Laptop heraus.

Ich logg mich mal kurz ein und melde pro forma ein paar Zahlen, ja?, sagte Lea.

Es begann zu regnen. Sie zog ein weißes Hemd aus ihrer Reisetasche und breitete es über ihren Kopf und den Laptop.

Der Regen wurde stärker, richtig stark. Tap, tap, tap. Das Hemd war schon durchsichtig vor Nässe. Ich konnte Lea darunter deutlich sehen.

Hör zu, sagte ich. Du kannst das bei mir im Flur machen. Hier. Setz dich. Komm mir nicht nahe. Da drüben. Auf die Treppe. Nein, lass die Tür auf.

Danke, sagte Lea. Unglaublich nett. Ich weiß, dass du unter Druck stehst, Sand. Du bist echt klasse. Hast du einen Föhn?

Nein. Na ja, doch, sagte ich, aber den kannst du nicht haben.

Lea, von der Regen auf das alte Parkett tropfte, hängte das nasse Hemd über das Treppengeländer, ließ sich auf der dritten Stufe nieder und tippte. Ich setzte eine Maske auf. Hockte mich hinten im Flur an die Küchentür. Die kalte Frühlingsluft drang ins Haus und sorgte dafür, dass ich auf der Hut blieb.

Zwanzig Minuten vergingen.

Ich sah auf mein Handy.

Nichts vom Krankenhaus.

Keine Viola.

Es regnete herein und ließ den Boden an der Tür nachdunkeln.

Ich sah noch mal nach.

Nichts vom Krankenhaus.

Keine Viola.

Weißt du, sagte Lea und klapperte auf der Tastatur. Eigentlich bräuchtest du eine Website.

Ich will keine Website, sagte ich.

Im Netz gibt es Sachen über dich, über deine Bilder, das Kunstzeug. Du malst Wörter übereinander. Das ist cool. Die Bilder sind unglaublich, sie sehen aus, als wären sie dreidimensional. Wie ein Club Sandwich.

Siehst du? Es gibt schon mehr als genug über mich im Netz, sagte ich.

Aber du machst nichts draus, sagte Lea. Ich kann dir Kontakte zu zwei Influencern vermitteln. Kostet dich natürlich was. Ist aber gut angelegtes Geld.

Bloß aus Interesse, Lea, sagte ich. Was *findet* man im Netz über Leute, wenn man wie du weiß, wo man suchen muss?

Gott, ja, alles Mögliche, sagte Lea. Alles.

Was zum Beispiel?

Was brauchst du?, sagte Lea. Adresse des Arbeitgebers? Wohnanschrift? Webmail? Gesundheitsdaten? Passinfos?

Anzahl der Kinder. Bildungsabschluss. Bildungsabschluss der Kinder. Jahresbruttoeinkommen in jeder beliebigen Währung. Kredite und Anschaffungen. In welche Kategorien man in Bezug auf Vermögensverhältnisse und Lebensstil gehört. Hobbys. Interessen. Wahlabsichten. Religiöse und politische Bindungen. Fernsehgewohnheiten. Surfgewohnheiten. Essgewohnheiten. Häuslicher Alkoholkonsum. Sprachmuster. Sexuelle Vorlieben.

Kann das Netz wirklich Aussagen über Sprachmuster treffen?, sagte ich.

Algorithmen, sagte Lea. Die sind der Schlüssel. Zu allem. Und jedem. Ob lebendig oder tot.

Lea klapperte wieder los.

Klopf klopf an der Haustür.

Der Hund bellte wieder los.

Es war der andere Pelf-Zwilling, unter einem Regenschirm vor der Tür.

Ist der Hund in der Küche eingesperrt?, sagte sie.

Ja.

Warum hast du eine Maske auf?, sagte sie.

Wir haben eine Pandemie.

Es gibt im Leben noch mehr als diese öde Pandemie. Masken regen mich echt auf. Leute zu sehen, die sie tragen, hat einen negativen Einfluss auf meine geistige Gesundheit. Willst du sie nicht abnehmen? Jetzt, wo du siehst, dass bloß ich es bin?

Nein, sagte ich. Was kann ich für dich tun, Eden?

Ich dachte, du möchtest vielleicht das hier sehen, sagte sie. Deshalb bin ich hergekommen.

Sie hielt etwas vor sich hin, was wie ein Schulheft aussah. Regen landete auf dem blauen Deckel und hinterließ große Kleckse neben ihrem Namen.

Ich musste herkommen, ich hatte ein fürchterlich schlechtes Gewissen, sagte sie. Weil ich neulich bei dem Mädchen einen falschen Namen gesagt hab. Ich sagte, es wäre Emily. Sie hieß aber nicht Emily, sondern Elsie. Darüber hab ich mich so geärgert, dass ich sogar schlecht einschlafen konnte. Deswegen hab ich all meine Hefte aus jüngeren Jahren durchgesehen. Oh, hi, Lea.

Hi, sagte Lea, ohne aufzuschauen.

Ich bin alles durchgegangen, ich dachte, sie sind vielleicht weggekommen, als das Loft umgebaut wurde, mir hat davor gegraut, dass die nicht mehr da sein könnten, sagte sie. Waren sie aber! Sie waren hinter der Trennwand zwischen den stehen gebliebenen Dachsparren, sie lagen ganz unten in einem schwarzen Plastiksack, hinter den Farbdosen. Wieso landen die Sachen, die wichtiger waren als alles andere und die uns zu der Zeit so viel bedeutet haben, zuletzt in einem Plastiksack, den man hinter Farbdosen in einen nicht umgebauten Teil eines Lofts stopft? I ha ka ah. Das heißt, ich habe keine Ahnung.

Sie schlug das Schulheft auf.

Die große runde Handschrift eines Schulkinds. Die

i mit Kringeln darüber. Zeichnungen. Internetfunde, ausgedruckt und eingeklebt. Ausgedruckte Fotos, verblasst.

Sie kam zu den Mittelseiten und faltete zwei noch wesentlich größere Seiten auf, so gestaltet, dass sie aussahen wie Flügel, als wäre das Projektheft selbst ein geflügeltes Wesen. Lächelte mich breit an.

Lea stand auf und reckte sich.

Ich fahr bloß mal schnell in die Garage, was holen, sagte sie. Dauert nicht lange.

Du kannst nicht wieder herkommen, sagte ich.

Eden, hast du das Auto?, sagte Lea.

Eden gab Lea einen Autoschlüssel und zeigte ihrer Schwester, wo auf der Straße der Wagen geparkt war. Ich sah mir den auf dem Schulheft aufgedruckten Namen der Schule an. Sie befand sich in einer Stadt, fast zweihundert Meilen von hier entfernt.

Brr, sagte Eden, als Lea davonrannte. Kalt heute.

Sie trat über die Türschwelle. Ich wich weiter in den Flur zurück.

Bitte komm nicht rein, sagte ich.

Lea war doch auch drin, sagte sie. Hast du ihr eine Geschichte erzählt? Denn falls ja, möchte ich auch eine. Es ist okay, ich bin *gesund*. Ich bin *vollkommen in Ordnung*. Wir können in dein Bücherzimmer gehen und uns wie letztes Mal meilenweit weg voneinander hinsetzen.

Wie wär's, wenn du mir dein Projektheft dalässt, ich

lese es, wir sprechen darüber, und ich gebe es dir wieder, wenn wir uns das nächste Mal sehen?, sagte ich.

Du kannst es doch jetzt lesen, sagte sie.

Jetzt hab ich zu tun.

Lea hat das Auto genommen, sagte sie. Ich muss warten, bis sie wiederkommt.

Du kannst nicht hier warten, sagte ich.

Wo soll ich denn sonst hin?

Es gibt Cafés, sagte ich.

Es ist *viel* zu kalt und zu nass, um vor einem Café zu sitzen, sagte sie. Ich werde *sterben*.

Wenn Lea nach Hause gefahren ist, solltest du das vielleicht auch tun, sagte ich.

Sie kommt wieder. Sie hat ihre Sachen hiergelassen, sagte sie.

Das nasse Hemd und die offene Reisetasche, aus der Kleidung und Computerzubehör quollen, lagen noch am Fuß der Treppe. Eden spazierte bereits durchs Wohnzimmer und warf ihre nassen Haare über die Schultern nach hinten.

Ach, verflucht!, sagte ich.

Ich ging ihr nach, öffnete das Fenster und setzte mich so weit wie möglich von ihr entfernt in die steife Brise.

Der Scharlachrote Buchstabe, sagte sie beim Hinsetzen. Klingt gut.

Sie nahm das Buch von der Sofaarmlehne.

Wovon handelt das?

Ich hab's nicht gelesen, sagte ich. Meines Wissens handelt es von einer Frau, die einen Buchstaben auf der Brust tragen muss, ich glaub, weil sie ein Kind von jemandem bekommen hat, mit dem sie nicht verheiratet ist.

Was für einen Buchstaben? Einen Kettenanhänger? Den hat der ihr wohl geschenkt?

Nein, keinen Anhänger. Bloß der Buchstabe, ein A. Leuchtend rot. A für Adultera, Ehebrecherin, sagte ich.

Romantisch, sagte Eden. Wie Wäscherin oder Flugbegleiterin. Ehebrecherin. Als wäre das ein Beruf, den es mal gab.

Na ja, nein. Romantisch ist –

O em ge!, sagte Eden. Es ist signiert. Vom Autor.

Äh, sagte ich. Bitte bieg die Seiten nicht so weit auseinander.

Es ist wohl sehr wertvoll?, sagte Eden. Ich weiß, klar? So wie das hier für mich.

Sie legte den *Scharlachroten Buchstaben* zur Seite und nahm wieder ihr Schulheft. Schlug es auf. Und begann laut zu lesen:

es waren einmal zwei Mädchen, die hießen Frannie und Elsie. Sie hatten verschiedene Nachnamen, und das lag daran, dass sie Cousinen waren. Eines langweiligen Sommers langweilten sie sich, und eine der beiden, welche, das wird aus den vielen Sachen, die ich für das Schulprojekt gelesen habe, nicht klar, ich vermute aber, die Ältere, Größere, die Zeichnungen sind nämlich sehr gut und durchdacht, also hat

162

wahrscheinlich die Ältere die Feen gezeichnet und hat Hutnadeln durch Papierbögen gesteckt, wodurch es aussah, als stünden die Feen wirklich vor einem Baumstamm im Gras und nähmen ein Sonnenbad, dann haben die Mädchen aus Cottingley Fotos davon gemacht, es sah so aus, als ob sie wirklich da wären und existierten, und als sich das herumsprach, wurden sie als die Cottingley-Feen bekannt und berühmt. Kodak ist darauf reingefallen, das war eine führende Fotofirma und kannte sich mit Fotografien aus, und nicht mal die haben gemerkt, dass es gefakt war. Eins von beiden, die Fotos oder die Feen. Ein Mann namens Arthur Doyle ist auch darauf reingefallen, er schrieb bekanntlich über den britischen Helden Sherlock Holmes, und er wollte, dass es Feen und übernatürliche Dinge gibt, denn seine Geschichten waren voll davon, und dann würden noch mehr Menschen seine Geschichten für wahr halten, deswegen hat er viel Werbung für die Feen gemacht, die wunderschön waren und echt aussahen und wunderschöne Flügel hatten, auch wenn sie Fake waren, und Arthur Doyle schrieb, das britische Volk wolle über Feenflügel nachsinnen und heraus aus dem schmutzigen Trott eines Krieges. Es war nämlich gerade in der Zeit, als ein erster Weltkrieg stattfand, 1920, und die Leute waren verärgert, weil sich ihre Auffassungen von der Welt änderten, und die Farmer waren aufgebracht, weil ihre Felder zerwühlt und schlammig waren, und in dem fernen Land der e u, das wir jetzt verlassen und in dem diese Kriege stattfanden, finden die Farmer, die diese Felder bestellen, noch heute Knochenreste von Toten, wenn sie Getreide anbauen für

163

Klopf klopf.

Der Hund, bellt.

Eden, ihr Blick verängstigt.

Aus!, rief ich zu dem Hund hinüber. Es reicht!

Der Hund hörte auf zu bellen.

Oh, sagte Eden.

Sie saß am Fenster und sah, wer vor der Tür stand. Sie warf mir einen unglücklichen Blick zu.

Ich ging zur Haustür. Martina Inglis' Augen über der Maske. Die Fältchen rings um die Augen waren neu, der Blick, der meinen traf, war jedoch fragend wie eh und je.

Wollen wir mit meinem schnellen Auto wohin fahren?

Wohin denn?, sagte ich.

Das ist ein Geheimnis, sagte sie.

Über der Schulter hatte sie ein Paar an den Schnürsenkeln zusammengebundene Schlittschuhe hängen.

Zum Eislaufen?, sagte ich.

Eure Eisbahn hat noch nicht wieder für das allgemeine Publikum geöffnet, sie kannten aber meinen Namen, ich hab mal Medaillen gewonnen und war ziemlich berühmt, und weil der Geschäftsführer im selben Alter ist wie wir, hab ich ihn angerufen. Bei meinem Namen klingelte bei ihm was, und er hat mir den Gefallen getan. Eine Eisbahn, nur für uns, ich kann's kaum erwarten, dir meine Figuren vorzuführen. Gott, Sand, es ist unglaublich, dich leibhaftig vor mir zu sehen. Ist das nicht unglaublich? Ich bin ganz aus dem Häuschen, total begeistert, ich fühle mich frei, fühl mich wieder jung. Ich bin seit einem Jahr nicht mehr so weit weg von zu Hause gewesen. Hier wohnst du also. Wo hat sie geschlafen? Welchen Lampenschirm hat der Vogel mit seinen Flügeln angestoßen? Ich freu mich schon darauf, den in echt zu sehen.

Mum, sagte Eden. Was tust du hier?

Oh, sagte Martina Inglis. Eden.

Ja, sagte Eden. Ich.

Was tust du hier?, sagte Martina Inglis, setzte ihre Maske ab und steckte sie in die Manteltasche.

Ich lese ihr aus meinem Referat über die Cottingley-Feen vor, sagte Eden. *Sie* interessiert sich wenigstens für mein Leben. Du hast mir nicht geantwortet. Warum bist *du* eigentlich hier?

Ich will meine alte Uni-Freundin zum Schlittschuhlaufen mitnehmen.

Ich kann nicht Schlittschuh laufen, sagte ich. Warum nimmst du nicht deine Tochter mit?

Martina Inglis ignorierte mich.

Wer passt auf Amelie auf?, sagte sie zu Eden.

Dad, sagte Eden. Du ja nicht, wie man sieht. Obwohl du heute Nachmittag dran wärst.

Ich ließ die Streithennen zwischen Haustür und Diele stehen und verzog mich ins Wohnzimmer, griff mir den *Scharlachroten Buchstaben* und schob ihn zurück an seinen Platz im Regal. Dann ging ich in die Küche und wusch mir die Hände. Ich rief Violas Handynummer an, hinterließ auf dem Band, ich würde mich testen lassen, bevor ich wieder ins Krankenhaus kam, und bat sie, meinen Vater zu grüßen.

Ich holte den Hund und die Leine.

Wartet nicht auf mich, sagte ich. Bitte geht einfach beide so bald wie möglich. Macht vorn das Fenster zu und denkt daran, die Tür fest ranzuziehen, ja?

Der Hund und ich stiegen in mein Auto, er auf den Beifahrersitz. Als wir losfuhren, stritten sich die zwei an der Tür immer noch.

Der Hund meines Vaters hörte übrigens auf den Namen Shep.

Das sollte wohl unterstreichen, dass er ein Beschützer und Hirte war.

Mein Vater hatte seine Hunde immer Shep genannt. Dieser Shep war sein fünfter. Den Namen hat er aus einem alten Country-und-Western-Song über Hunde und ihre Treue. In dem Song rettet der Hund seinen Besitzer, als der noch ein Kind ist, vor dem Ertrinken. *To the rescue he came.* Dann kommt der Tag, als der Hundedoktor dem Besitzer sagt, er könne nichts mehr für Shep tun, Jim, und Jim solle Shep erschießen und von seinem Leiden erlösen. Jim nimmt das Gewehr hoch und zielt auf den Kopf des treuen Shep, bringt es aber nicht über sich. Er will wegrennen, würde lieber selbst erschossen werden. Jedenfalls, zuletzt stirbt Shep dann doch, obwohl nicht klar ist, wie, und der Song versichert uns, dass Shep, wenn es einen Himmel für Hunde gibt, jetzt dort ist und ein wundervolles Leben nach dem Tode führt.

Auf der Fahrt sang ich, was ich davon im Gedächtnis behalten hatte.

Du bist eine alte Geschichte in neuer Gestalt, sagte ich zu dem Hund meines Vaters, als ich zum Schluss des Songs kam.

Er und ich wechselten einen Blick.

Shep, sagte ich. Ich weiß, Halluzinationen sind eins der Symptome bei diesem Virus. Ich bin krank, stimmt's? Ich halluziniere Pelfs. Ich erfinde das Gegenteil von Isolation, damit mir die Isolation nichts ausmacht. Ja?

Shep sah mich seelenruhig an.

Ich halluziniere ja auch eine Regierung, sagte ich, die unser Land so erfolgreich führt, so gewollt stümperhaft, dass wir eine der höchsten Sterberaten weltweit haben. Aber das kann nicht sein. Warum ist mir das nicht früher eingefallen? Kein Wunder, dass es mir so unwirklich vorkommt. Ich – denke mir das nur aus.

Shep beäugte gleichmütig das Armaturenbrett.

Oder war alles vor Covid Halluzination, und jetzt wird offenbar, wie es in Wirklichkeit ist?, sagte ich.

Shep gähnte.

Das war ansteckend, ich gähnte auch.

Als wir nicht mehr weit vom Haus meines Vaters entfernt waren, begann er zu bellen und auf seinem

Sitz herumzuspringen. Vor dem Haus angelangt, war er außer sich vor Freude, drehte sich auf seinem Platz so ungestüm um die eigene Achse, dass das Auto ins Schaukeln geriet. Als ich ihn hinausließ, sprang er übers Gartentor, arthritische Hüften hin oder her.

Er drückte den Kopf an die Haustür, bis ich aufschloss. Lief durchs Haus, suchte in allen Räumen nach meinem Vater. Suchte ihn im Garten vorn und hinten. Kam wieder herein und ließ sich unter dem Küchentisch nieder, um zu warten, sein Blick pure Schicksalsergebenheit, als sei das Leben eben so, man wartet geduldig, und dann kommt der, auf den man wartet, nach Hause.

Wenn wir Glück haben, sagte ich. Was?

Ich tätschelte ihm den Kopf und kraulte ihn am Genick.

Entschuldige, dass ich so unfreundlich war, sagte ich. Mein Problem, nicht deines. Von jetzt an werde ich mich bessern.

Ich gab ihm die Hälfte der Dose Bohnen, die ich für mich warm gemacht hatte. Keine Ahnung, ob das so gescheit war, geschadet hat es ihm aber nicht, zumindest nicht, dass ich wüsste. Es schien mir einfach kameradschaftlich. Dann setzten er und ich uns in das Zimmer, das am meisten nach meinem Vater roch, und sahen zusammen fern.

Wir sahen, wie Politiker miteinander stritten, während im Ärmelkanal zwischen hier und dem Rest Europas Menschen ertranken. Die Politiker bliesen sich auf, so groß wie Sperrballone, was wohl sagen sollte, dass die Menschen im Meer vergleichsweise belanglos waren, zu klein, um wirklich als Menschen zu gelten, sodass aus dem anfänglichen Streit um das Leben und Sterben von Menschen einer darum wurde, welcher aufgeblähte Politikerballon als Sieger hervorging.

Ich schrie den Fernseher so laut an, dass der Hund meines Vaters zu jaulen anfing. Also schaltete ich aus.

So etwas wie das Böse, Shep, gibt es das?, fragte ich ihn.

Oh ja, sagte Shep.

Wie darf man sich das vorstellen?, sagte ich.

Ach, das Böse ist eigentlich ganz alltäglich, sagte Shep. Und fähig seid ihr dazu alle. Ihr Menschen. Genau wie zum Guten.

Sind andere Lebewesen auch dazu fähig?, sagte ich.

Interessante Frage, sagte Shep, der seine übereinandergelegten Vorderpfoten lässig von der Couch herabhängen ließ. Der Unterschied ist da, wo es um Zeit und Sprache geht. Das Geflecht aus abstrakter und gegenständlicher Bedeutung plus die Eigenheit, dass ihr Menschen Begriffe und Auffassungen über die Vergangenheit und die vorgestellte Zukunft im Sprachgebrauch bewahren könnt und das auch tut, all das ermöglicht es euch, Vorgänge und ihre Konsequenzen, Erfahrungen und Alternativen abzuwägen, und alles das gibt euch wiederum einen inneren philosophischen Antrieb und ein empirisches Fundament und, ja, bedeutet, dass bei euch Vorbedacht, Vorstellung und Wahlmöglichkeit handlungsentscheidend sind. Kommen wir zum Bösen. Wie soll man es definieren? Hm. Grausamkeit zum Beispiel, mit dem Aspekt der bewussten Entscheidung, einem anderen Lebewesen Schmerzen zuzufügen, dem Vorbedacht als Kern dieser Definition, die Entscheidung, grausam zu sein, rein theoretisch und / oder ganz real getroffen von einem Menschen, der die Wahl hat, es zu sein oder nicht. Wir sind da anders. Nicht dass wir nicht verstünden, was Erfahrung ist. Das tun wir natürlich, und wir lernen dazu. Es ist nicht so, dass wir keine eigene Auffassung von Richtig oder Falsch hätten oder keine kulturelle Überlieferung dessen, was ihr uns als *eure* Auffassung von Richtig oder Falsch nahebringt, zumindest die zahmeren von uns, die bei diesen Dingen letztlich euch gehorchen müssen. Es ist eher so, dass –

Ich wachte auf.

Sheps schlafender Kopf lag auf meinem Knie.

Neben seinem Kopf summte mein Handy.

Kein Krankenhaus und keine Viola. Unbekannte Nummer.

Ja?, sagte ich.

Hi, sagte die echte oder fantasierte Lea. Ich bin's. Kommst du bald wieder? Eden möchte Amelie nämlich ins Bett bringen, und sie ist sich nicht sicher, wo am besten.

Ist Amelie jetzt auch bei mir zu Hause?, sagte ich. Wann geht ihr wieder?

Unser Vater hat sie hergebracht, sagte Lea. Eden war schon in Panik, den ganzen Tag von ihr getrennt.

Warum ist sie dann nicht einfach nach Hause gegangen?, sagte ich. Ist euer Vater jetzt auch da?

Ist er, sagte Lea, aber ich lasse ihn nicht rein. Er sitzt draußen im Auto. Er kann draußen schlafen. Mal sehen, wie ihm das gefällt. Hier kommt er jedenfalls nicht rein.

Warum?, sagte ich.

Es ist nicht sein Haus, sagte Lea. Übrigens, wo steckst du?

Ich bin im, äh, Haus meines Freundes Shep, sagte ich. Heute ist es ziemlich frisch. Ihm wird kalt sein, ich meine eurem Vater draußen im Auto.

Wenn ihm kalt ist, kann er leicht nach Hause fahren, sagte Lea.

Er könnte euch alle nach Hause fahren, sagte ich.

Das Auto hat jedenfalls eine erstklassige Heizung. Es ist groß. Ich hör ihn, er debattiert da draußen immer noch wie ein Wahnsinniger, sagte Lea.

Mit wem?, sagte ich.

Schon kapiert, Grammatik-Queen. Das gefällt mir an dir. So redet kein Mensch mehr. Ja, er und meine Mutter werfen sich das übliche Zeug um die Ohren. Die räumliche Enge macht es noch erregender. In deinem Haus kann man ja nirgendwohin ausweichen. Oh ja, und wir hatten Mühe, deinen Ofen anzuwerfen. Geht der überhaupt? Und hast du einen Toaster für morgens? Wir haben ohne dich gegessen, ich hoffe, es stört dich nicht. Wir haben uns was bringen lassen. Er hat seins im Auto gegessen. Wir haben bei dem Curry-Laden angerufen, von dem der Flyer an der Schranktür in deiner winzigen Küche hängt.

Küche ist Küche, sagte ich.

Das Curry war sehr gut, fanden wir alle, außer Eden, sie hat nichts geschmeckt. Wie *er* es fand, weiß ich nicht. Aber es hat uns allen gutgetan, mal wegzukommen. Raus aus dem häuslichen Einerlei. Ist ewig her, dass wir alle zusammen etwas gesehen haben, was wir noch nicht kennen. Tapetenwechsel.

An und für sich müsst ihr aus meinem Haus auch alle raus, sagte ich.

Wann kommst du wieder? Unsere Mutter will noch mit dir sprechen. Sie ist durchs Haus gegangen und hat Sachen hochgehoben und wieder hingestellt, als wäre es eine heilige Stätte oder so was. Und Eden will dir von den echt schrecklichen Mädchen erzählen, die sie gemobbt haben, als sie noch zur Schule ging.

Oje. Arme Eden, sagte ich.

Und wo hast du den Schlüssel für den Schuppen? Damit ich Fotos von deinen Bildern und deinem Arbeitsprozess für die Website machen kann.

Hör mal, sagte ich. Deine Mutter und dein Vater, deine Schwester und du, du auch, ihr alle, keiner von euch wird in meinem Haus oder in mir Antworten finden. Ich bin nicht die Geschichte, um die es hier geht. Ihr seid sie auch nicht. Hörst du? Um uns geht es in der Geschichte nicht. Außerdem ist eine Geschichte nie eine Antwort. Eine Geschichte ist immer eine Frage.

Ja, das kannst du so nicht sagen. Das weißt du doch nicht, sagte Lea.

Einiges weiß ich schon. Ich bin älter als du, sagte ich.

Darf ich dich höflich bitten, nicht jugenddiskriminierend zu sein?, sagte Lea.

Es sind unruhige Zeiten, sagte ich. Geh raus zum Auto. Vertrag dich mit deinem Vater. Bitte ihn und deine Mutter herein. Macht eine Flasche Wein aus meiner, äh, winzigen Küche auf. Macht sie alle auf, wenn ihr wollt, prostet euch zu, wünscht euch alles Gute. Wenn ihr es nicht tut, werdet ihr euch eines Tages wünschen, ihr hättet es getan. Und dann, *ihr alle miteinander. Geht nach Hause.* Bitte.

Schweigen.

Dann sagte Lea, bei allem Respekt, Sandy, das ist nett von dir und alles, und ich weiß, du hältst dich sozusagen für die Inkarnation des Geschichtenerzählers in unserer Familie. Aber du hast nicht das Recht, derart gönnerhaft meine Geschichte zu erzählen, wie gut du es auch zu meinen glaubst. Oder zu mutmaßen, wie ich meine Reise oder meine Geschichte sehe oder wie ich anderen zu erzählen habe, was meine Geschichte ist, die ist nämlich kein Klacks, sondern ganz schön turbulent, und wenn ich das sage, spreche ich wohl für meine gesamte Familie, von denen jeder selbst weiß, was seine eigene Wahrheit ist und wie es ihm damit geht, ganz gleich, ob du ihre Wahrheiten für weniger bedeutende Geschichten hältst oder nicht. Ausgenommen mein Vater. Dessen Geschichte unterstütze ich nicht, denn er unterstützt meine auch nicht.

Ich halte mich also für eine Inkarnation, ja?, sagte ich.

Sozusagen, sagte Lea.

Genau, sagte ich. Ich sag dir mal, was diese Inkarnation denkt.

Ja, das Dumme ist, seit wir uns kennen, sagst du uns, ehrlich gesagt, *nichts anderes* als das, was du denkst, und das wird langsam ermüdend, sagte Lea. Ich glaube nämlich, wenn du einen respektvollen Rat hören willst, dein Problem an der Stelle könnte sein, dass du nicht weißt, wer oder was du bist, oder dass du es dir noch nicht eingestanden hast.

Sämtliche *Probleme an der Stelle*, sagte ich, könnten daher rühren, dass ich mit den Füßen voran gegen meinen Willen und in einem echt gefährlichen Augenblick in einer Farce auf der Theaterbühne eines englischen Seebads gelandet bin und mir nichts anderes übrig bleibt als –

Ja, du kannst aber eine Stadt, die so weit vom Meer entfernt ist wie in England kaum eine zweite, nicht Seebad nennen, sagte Lea. Ich würde hier in einem Restaurant nicht mal Fisch bestellen, wenn ich tot wäre. Wenn Restaurants wieder geöffnet hätten und Fisch auf der Karte hätten.

Durchsage von mir, sagte ich. An euch alle. Schert euch aus meinem Haus. Sofort.

Schau, es tut mir echt leid, wenn ich dich beleidigt habe, Sandy, sagte Lea. Es ist schon spät, und Amelie ist gerade eingeschlafen, ehrlich gesagt, es war die Hölle für Eden, Amelie war den ganzen Tag unleidlich, ist sie immer, wenn sie bei unserem Vater bleiben muss. Bis zu uns ist es weit zu fahren, und ich habe, wie du sehr wohl weißt, denn das haben wir schon besprochen, im Augenblick nichts, wo ich sonst wohnen kann. Außerdem haben wir den ganzen Abend gewartet, dass du wiederkommst, das ist der einzige Grund, weswegen wir noch hier sind. Und jetzt sagst du, du kommst *nicht* wieder. Das hättest du uns ruhig früher sagen können. Ganz schön unhöflich von dir, dass du das nicht getan hast.

Großer Gott, sagte ich. Ich. Unhöflich. Ihr seid in meinem Haus, gegen meinen –

Nein, wie gesagt, meine Eltern sind draußen im Auto meines Vaters, sagte Lea.

– und wenn ihr bei mir seid, folgt daraus, ich kann *nicht* bei euch sein, weil ich Abstand zu anderen halten muss, damit ich mir nichts einfange, was meinem schwerkranken Vater schaden könnte …

Ah, okay. Das erklärt deine Vaterfixierung, sagte Lea.

Meine *was*?

Hi, sagte Lea. Ich bin's.

Ja, ich weiß, wer du bist, sagte ich, und ich weiß auch, wer ich bin, und dieser Vorwurf einer Vaterfixierung ist reine Übertragung. Wenn du abgesehen von deinen Hirngespinsten über mich nur die geringste Ahnung hättest, wer ich bin, wüsstest du, dass ich, wenn überhaupt, eine Mutterfixierung habe. Aber das gehört nicht zu dieser Geschichte.

Nein. *Ich* bin's, Eden, sagte die echte / eingebildete Eden. Wo *bist* du? Ich muss dir so viel erzählen. Amelie ist hier. Sie will dich unbedingt kennenlernen, du sollst ihr eine Geschichte erzählen. Sie quengelt, dass sie in deinen Schuppen will, mit den Farben spielen.

Oh Gott, sagte ich. Das hat mir gerade noch gefehlt.

Vielleicht zeigst du uns, wenn du wiederkommst, wo der Schlüssel ist. Rory ist auch unterwegs.

Wer ist Rory?, sagte ich.

Mein Partner. Amelies Vater. Er würde dich zu gern kennenlernen wollen, das weiß ich, er war für meinen Vater geschäftlich im Ausland, ist vor einer halben Stunde gelandet und sitzt gerade im Express-Zug von Heathrow.

Er muss sich in Quarantäne begeben, sagte ich. Lass ihn nicht in mein Haus.

Oh, er hat nichts, ka es, Sandy. Das heißt kein Stress. Wir, unsere Familie, werden nie krank. Wir kennen uns doch alle, da sind Vorsichtsmaßnahmen überflüssig. Mein Vater will auch etwas mit dir besprechen. Nicht die Beziehung zwischen dir und meiner Mutter oder so, keine Sorge, es geht um seine Arbeit, er meint, er hätte mal wieder eine Eingebung gehabt, man müsse sich in dem Viertel hier jetzt die Filetstücke angeln, bei so was liegt er immer richtig, er hat den sechsten Sinn dafür. Er will dich danach fragen.

Filetstücke angeln, sagte ich.

Ich weiß nicht, ob du das weißt, sagte Eden, aber abgesehen von der Initiative zur Herstellung neuer PSA-Tests und der Leitung des Tagesgeschäfts von Insectex ist er auch ein bekannter Projektentwickler.

Das Haus, das deine ganze Familie gerade gekapert hat, gehört mir gar nicht, sagte ich. Es ist nur gemietet.

Ja, klar, das wissen wir, sagte Eden, wir haben schon Kontakt zu dem Mann aufgenommen, dem das meiste in deiner Straße gehört. Mein Vater meint aber, du könntest ihm ein paar allgemeine Auskünfte geben, quasi aus berufenem Munde, sagt er, weiß der Kuckuck, was das bedeuten soll, und ihm etwas über die Vor- und Nachteile des Lebens als Bewohner des Viertels sagen.

Die Bewohner des Viertels.

Steve, der aus seiner Zeit als Sanitäter noch ein lebensgroßes Skelett hat, das auf dem Beifahrersitz seines Vans saß, bis Passanten sich beschwerten, es jage ihren Kindern Angst ein, sie bekämen Virus-Albträume davon, woraufhin Steve es in sein Haus umquartierte, wo es, der Jahreszeit entsprechend ausstaffiert, im Sommer mit Strohhut und Fliege und am Jahresende mit Weihnachtsmannmütze und Lametta am Wohnzimmerfenster sitzt. Jetzt finden sich scharenweise Kinder vor Steves Haus ein, lachen, zeigen hin und machen Selfies mit dem Skelett als Hintergrund.

Carlo, der Busfahrer, der nebenher Kurse in Creative Writing für diejenigen gibt, die an seinen kostenlosen Sommerkursen im Botanischen Garten teilnehmen.

Marie und Jaharanah, die im Gesundheitswesen arbeiten und inzwischen so gealtert aussehen, dass ich sie kaum wiedererkenne, immer zorniger und verhärmter; bei ihnen brennt Tag und Nacht Licht. Sie arbeiten endlos lange Schichten und fahren trotzdem jeden Tag mit ihrem ramponierten Mini noch Essen zu Leuten aus, die nicht aus dem Haus kommen, und bringen sogar mir ab und zu eine Tüte Lebensmittel vorbei, seit das mit meinem Vater ist, obwohl ich nicht mal weiß, woher sie das wissen.

Madison und Ashley, die Jüngsten unserer Nachbarn. Über sie weiß ich bloß, dass sie ein Paar sind, sie winken immer und sagen freundlich Hi, obwohl wir uns noch nicht richtig kennengelernt haben.

Eden hat in der Zwischenzeit offenbar über etwas Traumatisches gesprochen, das ihr in der Schulzeit passiert ist.

Ich glaube, es ging um Neid. Die waren alle neidisch auf mich, sagte sie.

Charakterbildung, sagte ich.

Weiß ich, klar?, sagte sie. Ich wusste, dass *du* es verstehen würdest.

Wann geht ihr alle?, sagte ich. Und woher wisst ihr, dass mein Haus gemietet ist? Das sind persönliche Daten.

Ja, klar. Steht im Netz, sagte Eden.

Apropos, hi, ich bin's noch mal, Lea, sagte Lea, die das Handy wieder an sich genommen hatte. Die Website, mit der du mich beauftragt hast.

Ich habe dich mit gar nichts beauftragt, sagte ich.

Doch, hast du. Ich hab heute Nachmittag meinen anderen Computer geholt und kann jetzt ohne Probleme loslegen, sagte Lea. Wenn du mir sagst, wie ich den Schuppen aufkriege. Von außen habe ich schon ein paar Bilder davon gemacht, auch von ein paar Wohnräumen, die ich für wichtig halten würde, von Nischen, von dem Schmuck auf deinem Nachttisch, Sachen im Badezimmer usw. Du könntest noch Fotos und Screenshots deiner früheren Werke zusammenstellen, damit wir die in die Timeline aufnehmen, und wenn du separat noch eine Karriere-Timeline mit Details aus deinem Lebenslauf zusammenstellen kannst, wäre das gut, außerdem Kontaktmöglichkeiten usw., und du müsstest eine Kurzbio schreiben, oder ich mach das für dich mit den Angaben, die im Netz schon vorhanden sind.

Ich will keine Website, sagte ich. Ich gebe weder dir noch sonst jemandem aus deiner Familie die Erlaubnis, mein Arbeitszimmer zu betreten, ich gebe dir keine Erlaubnis, Aufnahmen von irgendwas zu machen, was mein Leben oder meine Arbeit betrifft, und ich gebe dir keine Erlaubnis, eine Website für mich zu erstellen.

Ja, aber ohne Website kannst du nicht Künstlerin sein, echt jetzt, sagte Lea. Worüber lachst du?

Ich legte auf, als Lea mir vorrechnete, wie viel ich ihnen (Freundschaftspreis) für die Zeit schuldete, die sie für den Aufbau der Website bereits aufgewendet hatten.

Ich tätschelte dem Hund meines Vaters den Kopf.

Ging nach oben und baute das Bett meines Vaters so um, dass ich darin schlafen konnte.

Was, wenn sie es schafften, in die Werkstatt reinzukommen?

Ka es.

Was, wenn Amelie mit den Farben spielte?

Ich an ihrer Stelle würde es wollen.

Was, wenn ein Bild, an dem ich seit über einem Jahr arbeitete, durch irgendwas oder irgendwen Schaden nahm oder ganz zerstört wurde?

Das Gedicht lief ja in nächster Zeit nicht weg.

180

Farben gab es immer neue.

Ich konnte von vorn anfangen.

Mit besseren Ideen.

Martina Inglis schwirrte mir durch den Kopf, in alt und in jung zugleich drehte sie Pirouetten auf dem Eis, eine Gefahr für Gesundheit und Sicherheit, weißer Eislaufdress, die Füße Kufen, von denen kleine Eisspäne davonstoben, während sie herumwirbelte, die Arme über den Kopf gereckt wie einen Schwanenhals. Neben ihr, wie Buchstützen: Eden Pelf, die auf der kalten Eisdecke saß und sich einen harten Eissplitter, den das Gewirbel ihrer Mutter in ihre Richtung geschleudert hat, auf die Zunge legte, zögernd, probeweise testete, ob sie etwas schmecken kann; und Lea Pelf im Schneidersitz, die andächtig die Pirouetten ihrer Mutter betrachtet, mit den Gedanken insgeheim aber woanders ist, vertieft in das Funkeln des Eises und in ihre Hand, die sie fest auf das Eis drückt, so als wolle sie um jeden Preis wissen, wie lange sie einer geregelten Kälte standhalten, auf Wärme verzichten kann –

aber was wusste ich schon?

Eigentlich doch nichts, über nichts und niemanden.

Ich dachte mir das alles nur aus, wie wir alle.

Am Leben vs. tot:

Am nächsten Vormittag rief ich Martina Inglis' Nummer an.

Hi!, sagte sie. Wie schön, von dir zu hören. Wie geht es dir? Was macht das Herz deines lieben Vaters?

Könnte schlimmer sein. Wann gedenkt deine Familie mein Haus zu verlassen?, sagte ich.

Könnte hier auch schlimmer sein, sagte sie. Wir halten uns so fern von Rory, wie es geht, ich zumindest, aber es ist mühsam, wenn es nur das eine Badezimmer gibt.

Ihr könntet jederzeit alle miteinander heimfahren in eure eigenen wunderschönen großen Häuser, sagte ich.

Covid überall auf meinem Mobiliar ist das Letzte, was ich wollte, sagte sie.

Ihr seid eine Bande von blöden egoistischen Wichsern, sagte ich. Es ist mein Mobiliar, von dem du sprichst.

Ach, hör auf zu schimpfen, Sand. Du bist doch wohlbehalten woanders, sagte sie.

Ein Glück, dass ich so einen Luxus ausnahmsweise habe, sagte ich.

Ich wünschte, ich wäre dort, sagte sie.

Gott sei Dank bist du's nicht. Wo zum Teufel sollte ich dann hin?, sagte ich.

Haha, sagte sie. Oh, bleib mal dran, sagte sie. Eden will dir schnell was sagen.

Hi, ich bin's, Eden. Oh, er ist okay. Er sagt, so mies wäre ihm noch nie gewesen. Aber das ist nur der Jetlag.

Im Hintergrund hörte ich ein Kind husten.

Ist das Amelie?, sagte ich.

Kinder bekommen es nicht, sagte sie.

Wie geht es dir?

Abgesehen von leichten Halsschmerzen bin ich in Ordnung, sagte sie.

Wie geht's Lea?

Sie ist in deinem Bett, a vau zett ha. Du erinnerst dich, das hatten wir schon, arbeitet von zu Hause.

A vau em zett, sagte ich.

Was?

Arbeitet von *meinem* Zuhause, sagte ich. Wann verlasst ihr mein Haus?

Doch jetzt hatte ihre Mutter wieder das Telefon übernommen und redete.

Übrigens, Sand, das wollte ich dir unbedingt noch sagen, ich habe etwas sehr Schönes von dem schottischen Dichter Robert Burns gefunden, da kommen Brachvögel vor. Ich hab's gerade nicht zur Hand, aber mit meinen Worten ausgedrückt, schreibt er einen

183

Brief, mit dem er eine verheiratete Frau betören will, und sagt sinngemäß, jedes Mal, wenn er eines Sommermorgens einen Brachvogel höre, erinnere ihn das daran, dass er eine Seele habe, denn die habe sich aufgeschwungen, weil er den Vogel gehört habe, und dann sagt er: Was sind wir, Maschinen, und ist es ohne Bedeutung, was wir hören? Oder bedeutet die Tatsache, dass sich beim Hören und Fühlen etwas in uns erhebt, nicht eher, dass wir mehr sind – und so sagt er es wortwörtlich – als gestampfter Lehm? Wenn das nicht genial ist. Was für ein Leben, alte Freundin. Wir sind so viel mehr als gestampfter Lehm, sag ich dir.

Ja, sagte ich. Wirklich schön, was du da gefunden hast.

Wenn wir uns das nächste Mal sehen, überlege ich mir, wie ich mich angemessen bei dir bedanken kann. Ich nehm dich mit ins Museum, du bekommst eine VIP-Führung, ich überrede sie, uns das Boothby-Schloss zu zeigen. Wirst sehen, es ist, als hätte Midas eine mit Efeu bewachsene Mauer angefasst, bloß eben eine aus Eisen, aus der jemand ein Stück herausgeschlagen hat, um die Eleganz dieses Artefakts für alle Zeit zu bewahren. Und dann, da kommst du nicht drum herum, Sand, nehme ich dich zum Schlittschuhlaufen mit.

Klar. Machen wir. Irgendwann, sagte ich. Wenn ihr mein Haus verlasst. Wenn die Pandemie vorbei ist. Was immer von beidem länger dauert.

Toll, sagte sie. Ich freu mich schon drauf.

Curfew

Hello hallo hullo.
Es ist ein vergleichsweise neues Wort, hat jedoch,
wie alles in Sprache, tiefe Wurzeln.

Bei allen seinen Formen, so das Wörterbuch, handelt es sich um Varianten des mittelfranzösischen Wortes hola, zusammengesetzt aus ho und la, was so etwas
bedeutet wie *he da*. In der Jägersprache ist *halloo* der
Ruf, mit dem man die Hunde zur Verfolgung des
Wilds antreibt. Möglicherweise besteht auch ein Zusammenhang mit der Lautung des Wortes *howl*, wie
es bei Shakespeare in *Was ihr wollt* vorkommt, als eine
Person im Stück zu einer anderen sagt, sie »Ließ' Euern
Namen an die Hügel hallen« zum Beweis ihrer Liebe,
bis zwischen Erde und Himmel nichts erklinge als der
Name des Geliebten.

Oder aber es stammt von dem altenglischen Wort
haelan ab, einem sehr vielseitig verwendbaren Verb, das
heilen und retten und begrüßen bedeuten kann, oder
von noch einer ganz anderen altenglischen Wendung,
die mögest du gesund sein oder mögest du dich wohl
befinden bedeutet.

Nahe liegt hier auch das althochdeutsche Wort *halon*
oder *holan*, mit dem man den Fährmann herbeirief,

der einen über den Fluss übersetzen sollte. In einer Variante erscheint es in der *Ballade vom alten Seemann* von Samuel Taylor Coleridge, einem Gedicht über die grausame Tötung eines Vogels und über die verhängnisvollen Auswirkungen für das Schicksal des Seemanns, der den Vogel erlegt hat, und seiner Gefährten, die den Tod finden. Denn bei ihrem *hollo* nähert sich der Vogel zu Beginn spielerisch und bringt gutes Segelwetter. Doch der Seemann tötet ihn. Nun gerät alles in dem Gedicht in einen tödlichen Stillstand, das Schiff sitzt in einer Flaute fest, und so oft die Matrosen auch *Hollo!* rufen, es kommt kein Vogel mehr.

Alles das kann hallo / hello in allen seinen Formen bedeuten. Wir sagen es zu jemandem, den wir gerade erst kennengelernt haben, es ist ein freundlicher, unbefangener Gruß, den wir für jeden verwenden, ganz gleich, ob wir ihn bereits kennen oder noch nie gesehen haben.

Hallo kann auch ausdrücken, dass man von etwas oder jemandem überrascht oder angezogen ist oder dass man auf etwas oder jemanden nicht gefasst war; dann bedeutet *hallo*: Was / wen haben wir denn da?

Hallo kann eine höfliche Bitte um Zuwendung sein. Stellen Sie sich vor, Sie sind in einem Geschäft, der Angestellte, der Sie bedienen soll, ist aber nach hinten gegangen, und Sie rufen nach ihm: *Hallo.* Oder es ist gerade kein Angestellter zu sehen. Oder, anderes Beispiel, Sie sind in einen Brunnen gefallen und ste-

cken unten fest, blicken hilflos hinauf zu dem kleinen
Lichtkreis, der von der Welt noch vorhanden ist, und
rufen in der Hoffnung, dass jemand Sie hört, verzweifelt *Hallo.*

Oder Sie gehen ans Telefon und sagen *Hallo,* es mel-
det sich aber niemand oder es ist niemand dran. So
dass Sie in die Stille hinein zunehmend eindringlicher
sagen.

Hallo?

Hallo?

Ist da jemand?

Sind Sie da und hören mich, wollen aus irgendeinem Grund aber nicht antworten?

Können Sie mir helfen?

Oh, *da* bin ich doch gleich ganz Ohr.

Was soll das?

Was wollen Sie?

Ja, ich bin hier.

Können Sie mich mit Ihrem Boot sicher übersetzen?

Sind wir schon in Nähe des Festlands?

Lass es dir gut gehen.

Sei nicht geknickt.

Werd wieder gesund, pass auf dich auf.

Ich liebe dich und bedecke den Himmel mit deinem
Namen und meiner Liebe.

Ich bin dir auf den Fersen, und ich kriege dich.

He, hi.

Schön, dich wiederzusehen.

Schön, dich kennenzulernen.

Jedes *hallo*, genau wie jede Stimme – in allen denkbaren Sprachen, von denen die menschliche Stimme
die unbedeutendste ist –, trägt eine Geschichte in sich,
die herauswill.

Das ist mehr oder weniger schon die ganze Geschichte.

Jedes Erzählen umgibt ein tiefes Grün, durchsetzt
mit dem Schmutz und Staub aller Jahreszeiten, auf
einer Tür in einer Mauer, beide unsichtbar unter dem
dichten Behang aus Efeu, dessen Blätter sich wiegen,
choreografiert von feinen Brisen, und in dem hier und
da das hellere Grün neuer Blätter aufleuchtet, deren
allerneueste die Form des Blatts bereits in perfekter
Miniatur ausgebildet haben, so gewöhnlich wie über-
wältigend, und zugleich schieben sich kleine Pflanzen-
zähnchen aus den Ranken hervor wie Wurzeln, greifen nach jeder Fläche, die sie berühren, krallen sich
fest, werkeln daran, eher Wurzel als Ranke zu werden,
das Ganze genährt von einer Pfahlwurzel, so tief und
robust, dass sie, sollte jemand sie stutzen oder etwas sie
wegreißen wollen, einfach wieder von vorn anfängt,
ein sich entrollendes Blatt nach dem anderen.

Sie waren zu dritt an der Tür beim Abendläuten.
Sie stießen die Tür auf. Tag auch, sagte der eine. Halt
du sie an den Beinen fest, sagte der Zweite. Ich kümmere mich um die Hunde, wenn es Scherereien gibt,
sagte der Dritte.

Dann taten sie es.

Verstünde sie sich nicht auf ihr Handwerk, hätten sie
es nicht getan. Sie haben ihr das angetan, weil sie mehr
kann als Messer machen.

Das Mädchen liegt in dem Graben, in den sie es geworfen haben. Jetzt, da es Morgen ist, sieht sie, es ist
ein Graben, in dem sie liegt.

Nägel und danach Messer, damit fängt man an, die
gehen am leichtesten, eine Spitze machen, eine scharfe
Klinge. Nägel gehen kinderleicht, es ist nie vertane
Zeit, welche zu machen, das verlohnt sich immer; das
Stabeisen erhitzen, die Seiten des erweichten Endes mit
dem Hammer ausziehen, während man sie abwechselnd
vor und zurück kippt, den Rhythmus halten, schon
verjüngt sich das Ende zu einer Spitze. Für Reiche ver-
ziert man den Nagelkopf mit einer Eichel oder Schne-
cke, einer Sonne, einem Mond, einer Muschel oder
einer Frucht. Für alle anderen ist ein Nagel ein Nagel.

Für ein Messer muss man, soll es ganz aus Metall sein, einen Stab aus lagenweise zusammengeschmiedetem Stahl und Eisen nehmen, eine Elle lang. Diesen dann in der Mitte anreißen. Eine Hälfte wird die Klinge, die andere die Angel. Mit der Angel muss man anfangen, dann heißt es: das Ende erhitzen, die Seiten hämmern und ausrecken, bis die Angel so lang ist wie der Schnabel eines langschnäbeligen Vogels, die Kanten von allen Seiten rund machen, damit die Hand, die sie halten wird, nicht verletzt oder behindert wird. Die Stange zu einem Punkt ausziehen. Am spitzen Ende mit einem leichten Hammer einen Haken biegen, ihn zu einem geschlossenen Kringel runden, die ganze Angel zu einem flachen V biegen, dann behutsam zu einem U. Für die Klinge das Metall schräg abschroten. Ausschmieden. Flacher hämmern, ausziehen. Schmieden. Zurück zur Angel. Wieder schmieden. Die Enden des U zusammenführen, damit die Angel gut in der Hand liegt. Schmieden. Anschärfen. Die Klinge bearbeiten, bis sie glänzt. Das Messer für einige Stunden zum Härten in weiße Glut. Ölen. Einen Stein erhitzen, um den Rücken anzulassen. Glattschleifen und schärfen.

Nägel und Klingen gingen ihr durch den Kopf und das Feuer, das man braucht, um sie zu machen, leuchtend rot, die Farbe des Blutes.

Die orange Flamme zum Schmieden. Die weiße Flamme zum Schweißen, wobei eines eins wird mit einem anderen.

Es gibt Schlimmeres.

Es gibt Schlimmeres.

Sie ließ sie herein. Sie hatten ihr in den Bauch geschlagen, ihren Hammer genommen und den über ihren Kopf gehalten, waren letztlich aber anständig und hatten sie nicht damit geschlagen. Stattdessen hielt einer sie auf dem Amboss fest, einer nahm sie, und der Dritte sah zu, der Zeuge.

Sie hätten sie an Ort und Stelle alle nehmen können, doch das taten sie nicht. Denn sie zu nehmen war nicht der Sinn der Sache, und das sollte sie wissen.

Sie weiß es.

Sie kennt sie alle. Jeder kennt sie. Alle werden erfahren, was geschehen ist.

Es gibt Schlimmeres.

Die Hunde töteten sie als Erstes, weil die knurrten. Derweil gingen ihr Nägel und Messer durch den Kopf. Bei Messern muss man sich mehr Gedanken machen, deshalb dachte sie beim Genommenwerden heftig an Messer. Als sie fertig waren, stellte sie sich tot wie die Hunde, und sie steckten sie in einen Sack und warfen sie weg, jetzt weiß sie, es war das Heidemoor, in das sie sie warfen, die Sackleinwand ist ihr Bett in dem Graben. Gott weiß, wo die Hunde gelandet sind.

Sie hat fünf Jahre gelernt. Zwei hatte sie noch vor sich. Diese Jahre wird es nun nicht mehr geben. So will es das Gesetz. Ob man aus freiem Willen mit jemandem Beischlaf hat oder nicht, unterscheidet das

Gesetz nicht, und das war der Sinn des Genommen-
werdens. Für sie war es mit der Bruderschaft aus.

Abendläuten. Sie deckte gerade das Feuer ab, so will
es das Gesetz, als sie hereinkamen.

Sie ist dreizehn Jahre alt.

Sie denkt ans Sterben.

Warum nicht? Der Graben ist ebenso gut wie ein
Grab. Seine Seiten sind stabil und hoch. Sie gehen bis
hinauf zu dem, was vom Himmel da ist. Ein kaltes
Lager, aber leidlich weich. Sie könnte für immer in
diesem Graben bleiben. Würde Erde über sich häufen
als Decke.

Die Erde, die du in Haaren und Mund hast, ist gütiger als das.

Sie konnte hier liegen, bis sie ist, was das Wetter so-
wieso bald genug aus ihr gemacht haben wird, ob sie
nun gleich stirbt oder später. Das Wetter schafft dich
aus der Welt, hungrige Tiere tun es auch, und nichts
ist vergeudet.

Himmel und Erde, Regen und Zähne von Tieren
sind gütiger als das.

Die Verzierungen für die Kirchentür? – werden nun
nicht mehr fertig. Kirchentüren müssen abgeschlossen
sein, um Leute draußen und drin zu halten, sagte Ann
Shaklock. Kirchen demonstrieren gern ihre Abge-
schiedenheit. Obwohl die Kirche Ann Shaklock nicht
übermäßig mochte, gab sie der Shaklock-Schmiede
trotzdem den Auftrag. Dann starb Ann Shaklock, zu

jung, um zu sterben, hieß es, Lungenfäule, das Metall drang in ihren Körper ein, und das war gerade mal eine Woche her, da wollten sie die Schmiede schon für sich und sie heraushaben, na ja, hätten sie die einem Mädchen wohl gelassen? Auch wenn hier jedermann weiß, dass sie ein Händchen für Pferde hat. Ein so gutes, dass Leute sogar aus Ortschaften, die selber eine Schmiede haben, lieber zu den Shaklocks kamen, damit sich ihr Lehrmädchen um die Hufe und die Gesundheit ihrer Pferde kümmerte. Und war ein Pferd eigensinnig und schwierig, machten sie sich mit ihm trotzdem auf den meilenweiten Weg.

Hab ich jetzt, wo ich in diesem Graben liege, immer noch ein Händchen für Pferde oder nicht?

Ich bleib hier liegen, bis ich bei Ann Shaklock bin.

Ich stecke mir Moos in die Nase und den Mund und schlucke Moos, bis ich so lange keine Luft mehr kriege, dass ich zu ihr komme.

Sie streckt die Hand zum Rand des Grabens hinauf, will schauen, ob sie da Moos auf der Erde ertastet, als sie den Bussard wahrnimmt, den Wimpernschlag Kälte in der schwachen Wärme, als der Vogel zwischen ihr und der Sonne vorbeifliegt. Sie blickt hinauf, sieht ihn schweben, dann herabfallen, dann mit etwas in den Krallen wieder schräg nach oben aufsteigen.

Mühsam zieht sie sich aus dem Graben, um nach Moos zu suchen.

Sie tastet sich unter ihren Kleidern ab.

Sie blutet jetzt nicht. Ihr tut nur alles weh. Schon ein Glied zu bewegen, im Stehen zu atmen ist schmerzhaft.

Dann hört sie den Ruf, etwas Kleines, irgendwo da drüben im höheren Gras, und vergisst, dass ihr alles wehtut.

In einer tiefen Mulde findet sie einen Vogel, noch sehr jung. Ein Küken, unansehnlich, der spitze Schnabel länger als es selbst, der Kopf zu schwer für den Körper, sodass es ständig umfällt, obwohl die Füße groß genug sind.

Sie weiß: nicht anfassen.

Sie zieht sich zurück und wartet in gebührendem Abstand im Gras.

Doch den ganzen Vormittag lassen sich keine Vogeleltern blicken, sie kommen nicht wieder, beschützen ihn nicht.

Darin, Vogel, sind wir also gleich.

Vogel-Pie, feilgeboten auf dem Markt. Das war deine Mutter. Oder Füchse. Ein paar Fuchsjunge hatten reichlich zu fressen. Hat sich der Habicht deine Schwester oder deinen Bruder geholt? Irgendeins hat er. Dich hat er auch gesehen. Dich holt er noch.

Der Vogel ist ein kleines Kind. Es sieht sie mit aufgeweckten schwarzen Augen an, mit leuchtenden, fröhlichen Augen, in denen nicht die geringste Furcht ist. Es lächelt und weiß es nicht einmal. Sein Kopf ist eine Haube aus dunklem Flaum, und sein flaumiger

196

Körper ist so klein, dass die Füße breiter sind als der ganze Kerl.

Das Gefiepe hört auf, als sie sich neben ihn auf die Erde setzt.

Er ist so klein, dass sie ihn mit einer Hand bedecken könnte, schaute zum Beispiel ein Fuchs vorbei, oder käme ein Milan oder käme noch mal dieser Habicht.

Wenn ich in einem Graben liegen kann, kann ich mich genauso gut auch neben diese Mulde legen.

Ich muss nicht gleich dahin gehen, wo Ann Shaklock ist.

Ich kann noch ein Weilchen Leibwache sein.

Sie schlummert in der Sonne ein.

Als sie die Augen aufschlägt, hat sich der Vogel unter ihre Achsel verkrochen und schläft.

Du bist mir ein Schlingel, Vogel, sagt sie zu dem schlafenden Vogel. Hast du einen Beruf? Hast du Land, das dir gehört? Ich bin jetzt reicher als du. Vorher hatte ich nichts. Jetzt habe ich dich.

Sie sieht nach, ob in dem Nest Eier liegen. Es sind sonst keine Eier da. Die Eier, die diese Art Vogel legt, sind gutes Geld wert, und wenn es die Art *ist*, die sie denkt, kann ein Fund, ob Ei oder geschlüpfter Vogel, *sehr* gutes Geld bringen. Sein Fleisch ist, wie jeder weiß, zart und rein, denn dieser Vogel lebt bekanntermaßen nur von Luft und gilt bekanntermaßen auch als Vogel, der ein Geschenk Gottes ist, mit dem man sich freundlich gegen Pilger zeigt, und er ist, so heißt

es in der Geschichte, dazu da, den Himmel an die Erde
zu schmieden. Es gibt viele Geschichten über diesen
Vogel, wenn es die Art ist, die sie denkt. Da heißt es,
es sei ein Vogel, der Bücher liebe und sie sogar im
Schnabel den Heiligen zurückbringe, wenn deren heilige Bücher ins Wasser gefallen sind und wieder herausgeholt werden müssen; und wenn den Heiligen
nicht einfällt, was sie den Menschen sagen sollen, ist
dieser Vogel der Bote und bringt ihnen Bücher, voll
mit Sachen, die sie den Menschen auf Geheiß Gottes
sagen sollen.

Ich hätte mich, ohne es zu merken, im Schlaf drehen und auf ihn legen und ihn zerquetschen können.

Obwohl sie dachte, ihr tue schon alles weh, regt sich
bei dem Gedanken ein neuer Schmerz in ihrer Brust.

Der Vogel wird wach.

Er sitzt vor ihrem Gesicht und reißt den Schnabel
auf.

Dass er von Luft lebt, ist eine Lüge. Der Vogel will
Futter, und er will nicht bloß Luft.

Ich bin kein Vogel, teilt sie ihm mit. Ich kann dich
nicht füttern.

Was fressen die?

Sie steht auf. Der Vogel tut es ihr nach. Er purzelt
über ihre Füße nach vorn auf sein Kinn.

Sie scharrt in der Erde unter der Hecke. Fördert
einen roten Wurm zutage. Hält ihn dem Vogel hin.

Der Vogel wartet ab. Dann nimmt er ihn!

Sie sucht nach einem zweiten.

Ich muss auch essen.

Ich könnte den Vogel essen. Könnte ihn für Essen verkaufen.

Sie steht noch mal auf. Der Vogel zappelt vor ihrem Fuß herum. Sie lässt den Blick über die Moorheide schweifen, sieht den Rauch, der in der Ferne von Häusern aufsteigt. Wendet sich ab, um diesen Rauch im Rücken zu haben, und läuft los.

Doch der Vogel, den sie zurückgelassen hat, beginnt zu fiepen, als würde ein Dieb seinen Beutel stehlen.

Sie hört sich lachen.

Geht zu der Mulde zurück, hebt den Vogel auf und steckt ihn in die Tasche ihrer Schürze.

Als sie die Hand aus der Schürzentasche zieht, riecht sie nach Metall.

Diese Nacht wird sie sich zurückschleichen, den schattenspendenden Baum hinaufsteigen und an der Stelle durchs Dach steigen, die Ann Shaklock ihr gezeigt hat, von der niemand sonst weiß und die sich immer leicht öffnen lässt. Sie wird ihre eigenen Sachen in die Schürzentasche stecken und das Vogeljunge obendrauf setzen, ihm ein Lager bereiten.

Mit ihrem eigenen Werkzeug kann sie Wanderhandwerker werden, wenn es in den Ortschaften, in die sie geht, oder bei den Leuten, die etwas zu essen haben, Arbeit für sie gibt.

Der Vogel, wird sie in den kommenden Wochen feststellen, frisst Beeren, alle möglichen. Er frisst das Weiche, das sie aus den Häusern der Schnecken pulen kann, die am Strand an Felsen kleben. Er frisst sämtliches kleines Getier. Er mag Würmer, verschmäht in der Not aber auch Gras nicht oder Grieß und Sand. Käfer frisst er sehr gern, und er mag Fliegen mit großen Flügeln und kleine Stechmücken. Kleine Fische, wenn sie welche fängt, frisst er zu gern.

Schon bald kann er diese Tierchen mit seiner Schnabelspitze alle selbst fangen, löst das Lebendige aus den jeweiligen Gehäusen heraus, entbeint Krabben und frisst die Beine zuletzt.

Eines Tages bringt er ihr einen sehr kleinen Fisch und lässt ihn ihr vor die Füße fallen.

Als er das erste Mal Artgenossen begegnet, geht er von ihr fort.

Den sieht sie wohl nicht mehr wieder.

Doch er kommt wieder, läuft aus einer Gruppe seiner Artgenossen auf sie zu mit dünnen Beinchen und so fest durchgedrückten Knien, dass man meinen möchte, jeder Wind, der nur ein bisschen Kraft hat, würden sie brechen, und mit einem Schnabel, der aussieht, als hätte Gott den Stift nicht abgesetzt, weil er wissen wollte, wie lang er ihn machen kann, wenn es nach ihm geht.

Bei seinen Artgenossen lernt er, wie man etwas schluckt, denn die Spitze seines Schnabels wandert immer weiter fort von der Stelle an seinem Kopf, an der sich der Mund befindet. Er lernt, nach Nahrung zu suchen und sie auch dann zu finden, wenn sie nicht sichtbar auf Sand, Gras, Schlick oder Wasser obenauf liegt.

Er lernt bei seiner Familie, Vogelworte zu sprechen und allein zu fliegen, aber auch zusammen *mit* ihr. Sie müsste ihn verscheuchen und gemein zu ihm sein, damit er geht und so lebt, wie er es sollte. Sie müsste ihm sagen, er solle wild sein.

Doch er nimmt ihre Achselhöhle in Beschlag, bis er zu groß dafür ist, und danach ihre Tasche, bis sein Schnabel zu lang ist, und schließlich, er ist inzwischen groß wie eine Katze, Gott sei Dank aber nicht so schwer, hätte man sie ständig um den Hals, sitzt er auf ihrer Schulter unter ihrem Haar, durch das er wie durch einen Spalt in den Seidenvorhängen eines reichen Hauses den Schnabel schiebt, seine Angelrute, seinen Dreizack, sein Werkzeug, schmal wie eine fein ausgezogene, gebogene, spitze Länge Eisen und womöglich ebenso fest.

Doch wenn sie ihn in den Armen hält, spürt sie seine Knochen, so dünn, dass sich in ihrer Brust der Schmerz regt, der anders ist als alle anderen. Es ist der Schmerz der Vorstellung, dass ein anderes Lebewesen Schmerz erleidet. Es ist der Schmerz eines anderen, den man spürt, wenn man nur daran denkt, körperlich spürt, nicht als gleichen Schmerz, aber als das, was Schmerz und zugleich kein Schmerz ist.

Die Federn des Vogels werden jetzt schön, bekommen eine Form, als hätten die Äste einer dürren Kiefer oder eines Bündels Federkiele bei den längeren Flügelfedern dafür Pate gestanden. Auf dem Kopf hat er, zwischen den Augen, ein hauchzartes Zeichen, ein >, einst tintenschwarz, dann verblasst. Ganz bezaubernd. Die Angehörigen seiner Vogelfamilie trauen ihr nicht über den Weg.

Sie rennen vor ihr davon.

Mit der Zeit lernen sie aber, dass ihnen von ihr keine Gefahr droht, dass sie sich kaum bewegt und wenn doch, dann langsam und nie so, dass es für sie bedrohlich wäre.

Mit der Zeit beachten sie sie nicht mehr.

Wenn sie sie nicht beachten, macht sie das stolz, denn als kluge Vögel wissen sie, was ihnen gefährlich werden kann, genauso wie sie wissen, wann das Wasser der Gezeiten hereinkommt, wann es wieder geht und welchen Nutzen sie von beidem haben. Sie wissen, welchen Reichtum der Schlick bereithält.

Ihr Vertrauen muss jedoch stündlich neu gewonnen werden. Sie sind Menschenkenner.

Wie sie jetzt einer ist.

Wenn sie zum Flug gen Himmel aufbrechen, wohin auch immer, tun sie es in Form eines V.

Ihr Vogel sieht ihnen nach, lauscht den Worten, die sie rufen.

Es heißt über die Wörter, die diese Vogelart ruft,

es seien die Rufe der Seelen im Himmel, die darauf warten, geboren zu werden, und schreiend kundtun, wie gern sie werden leben wollen. Sie klingen wie Menschenwörter – watt, watt, watt. Brüh, brüh, früh –, bedeuten aber etwas anderes. Es sind keine Menschenwörter, deshalb kann man ihre Bedeutung auch nicht zuschanden machen, wie es bei Menschenwörtern geschieht. Das Leben in Menschenwörtern kann man hernehmen und durch achtloses Hämmern zu unbrauchbaren Klumpen ausziehen. Alles schlecht Gemachte oder schlecht Beabsichtigte oder schlecht Dargebrachte, das weiß sie aus ihrer Lehre, führt zu gemeinsamer Schande und tiefer Schmach.

Da sie das weiß und da sie den Vogel und seine Gewohnheiten kennt, ist sie vertraut mit dem täglichen Leben eines anderen, ohne dass sie dafür in einem Graben zu sterben brauchte. Dieses andere Leben findet jenseits dessen statt, was Menschen für Leben halten. Es hat seine eigenen Abläufe, die wie die Ranken des Efeus austreiben und gedeihen und sich fürsorglich übereinanderlegen und bedecken.

Vertraut. Ranken.

Sie schreibt diese Wörter jetzt mit einem Stock in den Sand, denn sie kann schreiben und rechnen und hat ein Handwerk erlernt. Alles wegen eines glühenden Funkens. Jack Shaklock, Ann Shaklocks Mann, hatte einen Lehrjungen, der mit ihm an der Esse arbeitete, als ein Funken aus der Esse flog, dem Jungen direkt ins Auge, worauf er mit dem Hammer den Stift verfehlte, stattdessen auf Jack Shaklocks rechte Hand schlug und sie unheilbar zerschmetterte.

Ann Shaklock übernahm die Schmiede.

Die Männer aus dem Viertel waren wütend.

Doch Ann Shaklock kannte schon alles und verstand sich gut darauf, ihr Vater war schon Schmied gewesen, sie war bei ihm in die Lehre gegangen, hatte die Schmiede in den Pestjahren selbst geführt, als sie nicht zur Schule gehen konnte, und dann den Schmied Jack Shaklock geheiratet, damit sie die Schmiede ihres Vaters behalten konnte.

Eines Tages stand das Mädchen auf der Straße und hoffte auf etwas zu essen, aber ohne das laut zu sagen, denn wenn du um Essen bittest und niemanden hast, der sich für dich verbürgt, heißt das Gefängnis, gebrandmarkt und nach Übersee zur Arbeit im Tabak geschickt werden.

Ein Mann sah sie.

Er bat sie, sein Pferd für ihn zu halten, während Ann Shaklock es beschlug. Er versprach ihr eine Münze, wenn sie es tat.

Der Mann hatte Angst vor seinem eigenen Pferd.

Es war nämlich gefährlich, jeder wusste das. Jeder, der Geld hatte, wettete, das Pferd würde die Kleine so treten, dass sie keine Englein mehr singen hörte.

Das Mädchen, so klein, dass sie dem Pferd nicht einmal bis zum Rumpf reichte, stellte sich neben dem hübschen Tier auf, zu dem der Mann sie führte, streckte die Arme hoch und legte die Hände so weit hinauf, wie sie konnte. Berührte das Pferd an der Stelle, an der Brust und Unterseite zusammenkamen. Das Pferd beachtete sie nicht.

Dann stellte sie sich auf den Aufsitzblock neben dem Pferd und berührte es an der Schulter. Das Pferd drehte die Nüstern zur Seite und stupste das Mädchen am Kopf, ganz sacht, und blies ihr seinen Grasatem ins Haar, der war süß, und der Mund und die Nasenlöcher waren weich.

Das Mädchen stieg von dem Block herunter und ging zum Hinterteil des Pferdes, und die Menge auf dem Marktplatz drängte von den Hinterbeinen fort, weil jetzt das Buckeln und Treten anfing.

Das Mädchen reckte sich in die Höhe und tätschelte dem Pferd die Flanke.

Das Pferd ging mit ihr den ganzen Weg hinaus zur Schmiede, fügsam wie ein Lamm, und dort beschlug Ann Shaklock es ohne Schwierigkeiten, dieweil das Mädchen auf es einsprach und das Pferd, ein Ohr aufgestellt, zuhörte.

In der Menge, die ihnen mit einigem Abstand gefolgt war, gab es nun lauter Betrogene. Diejenigen, die darauf gewettet hatten, dass das Mädchen verletzt werden würde, wollten ihr Geld zurück. Die anderen, die kein Geld gesetzt hatten, benahmen sich auch, als wollten sie Geld zurück.

205

Ihr Krakeelen störte das Pferd nicht.

Dann zerstreuten sich die Leute, das Pferd und sein Besitzer waren auch gegangen, das Pferd buckelnd und ausschlagend, weil es den Mann nicht auf dem Rücken haben wollte. Das Mädchen hatte die Münze nicht bekommen. Das Versprechen war eine Lüge gewesen. Ann Shaklock, die an der Tür stand und ihre Pfeife rauchte, rief das Mädchen zu sich und sagte ihr, sie hätte Arbeit für sie. Vielleicht, dachte das Mädchen, sollte sie für Ann Shaklock auf das neue Baby aufpassen, doch Ann Shaklock führte sie zuerst ins Innerste der Schmiede, drückte ihr den Schürhaken und die Feuerzange in die Hand und schob sie nah ans Feuer.

Du weißt, was Schlacke ist?, sagte sie. Nein? Das ist das Zeug hier, das leichter ist als die Kohle, das backt untendrunter zusammen und verhindert, dass das Feuer tut, was es soll. Ein Feuer hasst seine Schlacke. Die Schlacke hasst ihr Feuer. Gut, also. Schau mal, ob du den Hass hier drin findest, und zieh ihn für mich heraus, damit wir ihn wegwerfen können.

Das Mädchen stocherte im Feuer, sah tief in die Flammen hinein, tastete nach dem, was Schlacke sein könnte, und fischte die größeren und anschließend die kleineren Stücke heraus.

Gut gemacht, sagte Ann Shaklock. Die Werkzeuge, die ich dir gegeben habe, gehören jetzt dir. Es sind deine neuen Hände.

206

Ann Shaklock war so stark wie der Baum, der neben der Schmiede stand, und sah manchmal sogar ebenso groß aus. Sie war schön mit ihrem Haar, das am Rücken wie ein Seil gedreht war und ihr vorn in Strähnen an der Stirn klebte, und mit ihrer Haut, die an Armen und Händen und im Gesicht von der Hitze ledrig und derb geworden war.

Sie nahm das Mädchen in die Lehre.

Sie ging zum Zunftvorsteher und unterschrieb den Vertrag.

Was ist mit deinem Vater?, sagte sie. Mit deiner Mutter?

Die Mädchen erzählte ihr, dass sie beide erst krank und dann tot nebeneinander im Bett gelegen hatten.

Warst du auch krank?, fragte Ann Shaklock.

Krank ja, aber ich bin nicht tot, sagte das Mädchen.

Stimmt, sagte Ann Shaklock. Bist du nicht!

Ann Shaklock gab ihr einen Bleistift, ein Messer und ein dünnes Stück Holz, mit denen sie die Lehre beginnen sollte.

Schreiben und Rechnen kommen vor dem Hammer, sonst machst du dir die Hände kaputt und wirst das nie können, sagte sie.

Dann sagte sie: Woher kannst du schon so gut rechnen? Als wärst du schon ein Gelehrter oder ein Musiker. Wer hat dir das beigebracht?

Ich weiß nicht.

In Zahlen war Musik, erklärte ihr Ann Shaklock.

Wenn man Zahlen entschlüsselte, war darin Musik versteckt, und Musik lag auch darin, wo und wie und wann man mit dem Hammer auf ein Stück schlug, das man machte, und wann man beim Drehen des Stücks auf den Amboss schlug. Hammer und Amboss, die steckten tief im Ohr des Menschen, sagte sie, denn Schmieden ist eine Art Zuhören, und sie erzählte dem Mädchen von Pythagoras, der als Erster bemerkte, dass ein schwerer Hammer einen bestimmten Klang erzeugte und ein leichter einen anderen und dass Musik immer mit Leichtigkeit und Schwere zu tun hat.

Wegen unserer Musik halten sie uns von ihren Häusern fern, sagte Ann Shaklock, und wir erregen ihre Furcht, arbeiten wir doch mit Feuer und verändern Stoffe, wandeln einen in einen anderen um. Dass wir zaubern können, mögen sie an uns, werden sie aber unvernünftig, glauben sie, wir betrieben Schwarze Kunst, bekommen Angst und werden böse. Doch als mein Vater den Amboss schlug, war er darin so gut, dass man dazu tanzen konnte. Ich habe nicht sein Talent, aber in dir höre ich es. Ich bilde dich aus, wie er mich ausgebildet hat. Vielleicht hört das Murren der Leute ja auf. Vielleicht ist es ihnen recht, wenn ihre Häuser wackeln und ihre Luft erfüllt ist von unserem Klang. Aber sieh dich vor. Sie erbosen sich über alles und jedes. Sie dichten uns Fähigkeiten an, die wir nicht haben. Sie sind darauf angewiesen, dass wir etwas für sie anfertigen oder ausbessern, diese Abhängigkeit macht sie auch wütend. Und du, noch jung und ein Mädchen, musst dich doppelt vorsehen. Sie schreien ja ständig, die Nägel für die Kreuzigung hätte eine Frau gemacht, nachdem ihr Mann, der Schmied, sich geweigert hatte. Als ob eine Geschichte der Beweis dafür wäre, dass wir furchterregende Wesen sind, voller Verderbtheit, und sie uns deswegen in unserer eigenen Esse verbrennen können, wenn ihnen der Sinn danach steht. Achte drauf, was du machst. Schönheit kann beides, Zorn erregen und erfreuen. Achte darauf, die Stücke schlicht zu halten. Es sei denn, jemand bezahlt dich gut für eine andere Ausführung.

Jedes Jahr nähte Ann Shaklock Kleider von sich so um, dass sie dem wachsenden Mädchen passten, und alle halbe Jahre gab es eine frische Schürze.

Du musst dich ungehindert bewegen können, sonst verletzt du dich. Musst flink hantieren können. In Leder schwitzt man. In Leinen hat man mehr Bewegungsfreiheit, es ist aber teuer.

Sie brachte ihr bei, wie man das Feuer deutet, es vermehrt oder vermindert, genau an die jeweilige Arbeit anpasst, wie man die Glut mindert und anfacht, wann man das Stück, an dem man arbeitet, noch einmal ins Feuer hält, und wann man es herausnehmen kann, wie man die Temperatur des Feuers mit dem Blasebalg erhöht oder senkt; wie man den Blasebalg mit dem Fuß auf dem Pedal so bedient, dass der Säugling, der außerhalb von Hitze und Rauch auf der anderen Seite des Raums in einem Korb hing, über die Taue, die Ann Shaklock wie eine Takelage quer unter die Decke gespannt hatte, in den Schlaf gewiegt oder zumindest so beruhigt werden kann, dass er nicht mehr schreit und man die Arbeit nicht unterbrechen muss.

Es gibt Schlimmeres auf See und in Virginia, sagte Ann Shaklock zu ihr, als sie sich verbrannte. Sprich es mir nach, laut. Die Brandwunde in Wasser tauchen, dort lassen, noch besser Wasser darüber schaufeln, eine böse Brandwunde mit Wasser begießen, nicht nachlassen. Und während du die Wunde hundert Mal begießt oder Wasser darüber schaufelst: Es gibt Schlimmeres, es gibt Schlimmeres, es gibt Schlimmeres auf See und in Virginia.

Ann Shaklock brachte dem Mädchen bei, wie man das Erz schmilzt und den Sand herauslöst. Der beißende Geruch war Eisen, der süßliche Geruch Stahl. Der beste Stahl kam aus Vlaamland. Erz gab es im Forest of Dean. Ann Shaklock brachte ihr den sacht austreibenden Schlag bei, den man für Zierwerk brauchte, und den festen Schlag für ein glattes Abschroten. Sie brachte ihr bei, wie man das Feuer beim Morgenläuten anschürte und wie man es beim Abendläuten löschte.

Eines Tages sollte ein Vagabund und Gauner auf dem Markt gebrannt werden. Bei Ann Shaklock bestellten sie das neue Brandeisen. Sie ließ das Mädchen es schmieden, stand dabei, als sie den Holzgriff sorgfältig auf der Stange befestigte, zeigte ihr, wie man das Relief der Letter vorbereitet und formt und brachte ihr bei, die Kanten so glatt zu machen wie nur irgend möglich. Das gibt später weniger Schmerzen, sagte sie, die Wunde des armen Menschen heilt auch besser, und möge die Schande, die er erdulden muss, auch besser heilen.

Während das Mädchen arbeitete, erzählte Ann Shaklock eine Geschichte darüber, wie der Buchstabe, den sie schmiedete, entstand. Es fing mit einem Vogel an. Ein ägyptischer Schreiber zeichnete einen Vogel, den Kopf, die Flügel, den Körper, die Füße, wie man ihn sieht, wenn er einem die Seite zugedreht hat. Dann mäßigte sich die Gestalt des Vogels zu einem Kreis, von dem ein gerader Strich nach unten führte. Dann wurde sie zu einem Buchstaben, einem Y ähnlich mit einem Körper unten und gen Himmel gereckten Armen. Dann vereinfachte sie sich noch mehr, brauchte keinen Körper, nur die Arme, flehend erhoben.

Dass zweierlei, was getrennt ist, zusammenkommen und eins werden möge.

Dass alles Geschlossene sich dem Himmel öffnen möge.

Und das, sagte Ann Shaklock, als sie das Brandeisen zum Härten ins Öl tauchte, ist die Bedeutung des Buchstabens V, und dieses Eisen, wer immer damit gebrannt wird, zeigt, dass ein Landstreicher, ein Vagabund anders ist als andere, dass er freier lebt, als die meisten von uns es können, und auch wenn er für seine Freiheit teuer bezahlt, gebe es Gott, dass er frei umherziehen kann für uns alle, denen es verwehrt ist. Ann Shaklock kannte die Wörter aus den anderen Ländern. *Cur* war die Kurzform von Couvertüre, *feu* war ein Wort für Feuer. Das wusste sie von den Nonnen, die es ihr beigebracht hatten. Dahin war sie geschickt worden, bevor sie in der Schmiede arbeitete, weil ihr Vater keinen Sohn hatte, aber eine kluge Tochter. Die Nonnen erzogen sie, bis sie vierzehn war. Dann kam sie zurück und arbeitete bei ihm, bis er starb, Arme und Gesicht blauschwarz von Blut und Beulen. Er wurde so schwarz wie das Eisen in der Esse, sagte Ann Shaklock. Das war die Pest, die hat ihn eingeschmolzen.

Ann Shaklock rauchte den ganzen Tag die Pfeife, um die Pest fernzuhalten.

Sie erzählte dem Mädchen die Legende vom Heiligen Eligius, von seinem Geschick bei Pferden und der Sparsamkeit, mit der er seine Metalle verarbeitete. Wir machen dasselbe beim Essen, sagte sie, und du verstehst dich schon gut auf beides, auf Pferde und Metalle. Wir tun ja zweierlei, erklärte sie dem Mädchen, wir versorgen die Füße von Pferden und bearbeiten grobes Metall so, dass es glänzt wie kostbares. Der Fuß eines Pferdes ist kostbar, und das Grobe kann glänzen, hörst du? Wenn etwas nicht biegsam ist, leite Hitze hindurch. Die unnachgiebige Natur kann dazu gebracht werden, dass sie etwas gibt. Erde, Wind, Wasser und Feuer, sie mögen sich noch so wild gebärden, alle vier lassen sich dazu bringen, mit uns zu arbeiten, genauso wie die Pferde, wenn wir ihrer Stärke Anerkennung zollen und ihre Sprachen lernen.

Als das Mädchen noch jünger war und zum Schlafen zu den Hunden ging, die sich auf dem Lager an sie schmiegten, setzte sich Ann Shaklock neben sie auf den Boden und erzählte von Vulcan, dem Gott aller Schmieden. Der habe, erzählte sie, aus Erde, Lehm und Hitze eine Frau gemacht, und diese Frau habe die Büchse geöffnet, in der sich alle Übel der Welt befanden, woraufhin die Übel wie Hornissen aus einem zerstörten Nest in die Welt ausflogen. Danach schien die Büchse leer zu sein, war sie aber nicht, denn es befand sich noch alles Gute der Welt darin, lag im Bodensatz der Übel.

Da hat das Schloss an der Büchse aber nicht viel getaugt, sagte das Mädchen und schüttelte den Kopf.

Bei diesen Worten lachte Ann Shacklock, und mit ihr lachte Jack Shaklock, der im Wandbett auf der anderen Seite des Hauses lag, und ihr Lachen weckte das Kleine auf, weckte die Hunde auf; einer sprang in die Luft, ein anderer sprang aus dem Bett und blieb verwirrt mitten im Raum stehen.

Das war eine Geschichte.

Eine andere handelte von Vulcans Mutter, einer Göttin namens Juno, und nun kann der Monat Juni ja gemäßigt sein, die Göttin Juno aber war es nun wirklich nicht. Sie hasste den kleinen Vulcan, sie wird ihre Gründe gehabt haben, ich weiß nicht, welche es waren, doch so war es, sie hasste ihn so sehr, dass sie ihn vom Gipfel ihres Bergs warf. Der war so hoch, dass der kleine Vulcan drei Monate lang die Wand hinabfiel, Gott weiß, wieso er nicht verhungert ist, er wird im Sturz nach Kräutern gegriffen haben, und als er schließlich auf dem Meer aufschlug, stieg rosa Schaum auf wie von heißem Metall in der Kühlwanne. Bei dem harten Aufprall auf dem Meer hatte er sich das Bein gebrochen, doch nun sank er auf den Meeresgrund, da war ein gebrochenes Bein weniger hinderlich, und ritt auf einem Delphin wie auf einem Pferd.

Die Geschichte gefiel dem Mädchen.

Eine andere handelte von dem armen Vagabunden, der im vorigen Jahr auf dem Markt mit dem Eisen gebrannt worden war und eines Tages zum Strand am Meer kam, dort ein Feuer anzündete und es brennen ließ, während er das Fleisch waschen ging, das er kochen wollte. An dem Tag stieg Vulcan aus dem Meer auf, um sich ein bisschen umzusehen, gezogen von hundert Seepferdchen. Die sind viel kleiner als unsere Pferde, deswegen brauchte er auch hundert, und haben eine weiße Mähne, die sieht man in den

Wellen. Hufe brauchen sie nicht, sie benutzen ihren Schwanz als Fuß, und einen Schwanz kann man nicht beschlagen. Vulcan war an Land, humpelte weiter und erblickte das Feuer. Es war das erste Mal, dass er ein Feuer sah, und er verliebte sich in das Rot der Glut. Er fand eine große Muschel, deren Tier weitergezogen war, steckte ein Stück glühende Kohle und ein Stück glühendes Holz hinein und nahm die Muschel samt Inhalt mit ins Meer zu einer Höhle, in der er ein Feuer betreiben konnte, ich weiß, das klingt unwahrscheinlich, doch so war es. Und in der Höhle im Meer lernte er das Feuer zu deuten, wie du es kannst, wie ich es kann, wie Mr Shaklock es kann und wie mein Vater es konnte.

Zuerst machte er Nägel, Stifte und Messer, danach ein Schwert. Danach machte er einen Pflug, pflügte den Sand auf dem Meeresgrund und baute Seeweizen und Seehafer an. Er machte einen Pony-Wagen aus Gold und schirrte ringsum seine hundert Pferde an, die ihn auf der langen Straße am Meeresgrund hin und her zogen. Danach machte er Halsketten und Ringe, Armbänder und Kopfputz und kleine Anhänger an zarten Ketten und schenkte sie den Meerjungfrauen, die sich daran ergötzten.

Die Eitelkeit der Meerjungfrauen, sagte Ann Shaklock, daran ist einzig und allein Vulcan schuld. Als eine der eitlen Meerjungfrauen sich in einen Mann verguckte, den sie an Land kennengelernt hatte, und für ihn das Meer verließ, begegnete sie in der Oberwelt der Götter und Menschen einmal Juno, Vulcans Mutter, und als die den schönen Tand sah, den die Meerjungfrau trug, wollte sie so etwas auch. Sie schickte einen Gesandten zum Meer, der im Wasser nach dem meisterhaften Metallwerker suchen sollte. Vulcan lachte, als er erfuhr, wer seinen Zierrat haben wollte. Er machte sich gleich ans Werk, schmiedete aus den kostbarsten Metallen der Welt einen Thron und führte dieses Prachtexemplar von Thron dem hohen Gesandten vor; der ließ es aus dem Meer hieven und an Land schaffen und von fünfhundert Dienstknaben und Dienstmädchen auf den Gipfel des Bergs tragen. Ein schöneres Möbel, dachte die Göttin, habe sie noch nie gesehen. Sie kam durchs Zimmer gerannt und ließ sich darauf nieder – und als sie es tat, wurden die Armlehnen des Throns lebendig, wurden die Beine lebendig; die Armlehnen schlossen sich so fest um sie, dass sie sich nicht mehr rühren konnte, und die Beine legten mit der Thronenden eine flotte Sohle aufs Parkett, warfen sie hin und her im Palast, tagelang, als wäre sie an ein durchgegangenes Pferd gebunden.

Junos Ehemann, der König der Götter, war so zornig, dass er sämtliche Dienstknaben und Dienstmädchen, die den Thron den Berg heraufgetragen hatten, wieder ins Meer hinabschleuderte, wo sie ertrunken wären, hätte unser eigener Zunftvorsteher sie nicht aufgelesen und auf ein Schiff gebracht, das zu den beiden Amerikas fuhr, wo sie auf den Tabakfeldern arbeiten sollten, und, ehrlich gesagt, mein Kind, ertrinkend wären sie besser dran gewesen. Dann schickte er eine Nachricht an Vulcan auf dem Meeresgrund. Wenn Vulcan Juno aus dem Thron befreite, würde er Vulcan eine zweite Göttin zur Frau geben, eine Göttin der Liebe. Und in Windeseile –

Jack Shaklock rief aus dem Wandbett. Ann! Himmelherrgott. Abendläuten ist lange vorbei. Lass das Mädchen schlafen. Lass die Hunde schlafen. Lass Vulcan schlafen. *Ich* muss auch schlafen. Komm jetzt ins Bett.

Das Mädchen lag im Dunkeln und dankte dem Heiligen Eligius und Vulcan, dem Kirchengott und allen Göttern und Sternen.

Sie hatte keine Familie und kein Zuhause. Aber jetzt hatte sie, frisch geschmiedet, etwas, was beidem ähnelte.

Wenn du den Hammer auf eine helle Stelle im Metall schlägst, ist es das Licht selbst, das in Funken davonstiebt. Jeder Funke in Bewegung ist die Zeit selbst, angetrieben von der Kraft ihres Schwindens.

Das ist es, was ich will, dachte das Mädchen. Zeit, die die Form von Luft annimmt, nur lebendig, bis sie vorüber ist. Wie der Stern, der im Sommer als Pfeil über den Himmel zieht.

Edelstein ist, verglichen damit, Morast.

Ein Stern kann ein Pfeil sein.

Eins kann zu etwas anderem werden.

Ein Mensch, sagt man, sei festgelegt und lasse sich nicht ändern.

Aber alles kann sich ändern oder verändert werden, mit den Händen und durch Naturgewalten. Alte Hufeisen werden eingeschmolzen und neue daraus gemacht. Schwerter zu Pflugscharen zum Beispiel. Pflugschare wieder zu Waffen.

Sie waren nicht dasselbe, Erz und Eisen, das alte Leben und das neue, Roheisen und Schmiedeeisen.

Sie war keine Dienstmagd wie die armen Waisenmädchen im Gefängnis, die für Geld oder Tabak den Besitzer wechselten und auf Schiffen in die Unendlichkeit geschickt wurden.

Sie hatte ein Bett, das sogar im Winter warm war, und Hunde, die sie darin wärmten. Sie hatte zu essen, ein Dach über dem Kopf, einen Beruf.

Sie hatte eine Freundin, die in der Kirche zu ihr herüberlächelte, Christine Gross vom Bauernhof, eines Sonntags gingen sie spazieren, Christine Gross war älter und sehr hübsch, und sie schob ihren Arm unter den Arm des Mädchens, als sie über den leeren Marktplatz schlenderten.

Sie hatte als Meister eine Meisterin.

Sie hatte nicht nur ein Händchen für Pferde.

Als Ann Shaklock zum ersten Mal sah, was sie beim Zierwerk zustande brachte, rannte sie über den Hof und weckte Jack Shaklock aus seinem Mittagsschlaf, damit er in die Schmiede kam und es sich ansah.

Fortan ließ sie das Mädchen das gesamte Zierwerk schmieden, alles Höherwertige, prächtige Türangeln und Nägel, Kirchentüren.

Dann starb das Kleine am Husten.

Dann starb Jack Shaklock.

Dann starb Ann Shaklock.

Dann war die Woche, in der die Männer, die die Schmiede für sich haben wollten, den rechten Augenblick abpassten, bevor sie kamen und sie sich nahmen.

Dann war Abendläuten.

Wenn das Mädchen jetzt an eine Tür klopft und die Tür geöffnet wird, haben die Leute eine Landstreicherin und Diebin vor sich. Kaum ihrer ansichtig geworden, wissen sie, dass sie die nicht kennen.

Es kommt häufig vor, dass sie beäugt wird wie eine Lügnerin und Vagabundin, und ab und zu, dass jemand ihr gleich an der Tür etwas Milch oder Porridge oder ein Ei gibt, meist aus Angst. Es kommt häufig vor, dass die Türen wieder zugemacht werden, und häufig, dass jemand ihr Werkzeug will, jedoch nur einmal wollte ein Mann ihren Vogel stehlen, der ihm entwischte, fortan jedoch nicht mehr auf ihrer Schulter sitzt, wenn sie sich in der Nähe menschlicher Behausungen aufhält, sondern für sich reist, neben ihr, mit Abstand, und sie einholt, wenn sie sich in irgendeiner Hecke oder Senke am Boden niederlässt, in der sie diese Nacht schlafen werden.

Nähert sich ihnen jemand an einer Stelle, an der sie ausruhen können, weckt der Vogel sie und warnt sie mit seinem *watt watt watt*, das von seiner Brust in ihre dringt.

Doch die von Menschen bewohnte Welt ist Unflat verglichen mit dem zukünftigen Leben, für das sie nicht einmal zu sterben brauchte.

Ergo ist sie, solange sie etwas zu essen auftreiben kann und es noch nicht Herbst ist, noch nicht auf ein Willkommen bei oder von Menschen angewiesen.

Eines Tages wird in der Stadt, durch die das Mädchen zieht, gerade ein Jahrmarkt abgehalten. Eine Menge Essbares wird auf der Erde liegen. Betrunkene kriegen nicht mit, was sie essen oder nicht essen. Eine Menschentraube hat sich um ein kleines Podest geschart und sieht dem Gaukler zu. Der Gaukler ist eine Frau, gekleidet wie ein Seefahrer, und sie wirft Messer in die Luft, fängt sie und wirft sie wieder in die Luft, alles, ohne sich zu schneiden. Acht Messer. Als sie das achte aufgefangen, eine tiefe Verbeugung gemacht und sich wieder aufgerichtet hat, die acht Messer in der Hand gespreizt wie einen Fächer, zeigt die Seefahrer-Gauklerin, die das Mädchen offenbar über das freie Feld näher kommen gesehen hat und wohl auch gesehen hat, dass der Vogel von ihr auf und davon flog, zu ihr hin und sagt:

Jetzt wird das hübsche Vogelmädchen ein Lied singen. Nicht wahr, mein Schätzchen?

Ein Lied kann ich, sagt das Mädchen.

Sie steigt auf das Podest.

Sie singt das Lied über den Schmied und die Falschheit der Männer, das Jack Shaklock ihr beigebracht hat. Als sie die letzte Zeile gesungen hat, die über das ewige Leben, brüllen die Zuschauer vor Lachen. Werfen Münzen herauf. Das Mädchen hebt eine von den Brettern auf und betrachtet sie. Münzen!, die hatte sie ganz vergessen. Seit man sie in den Graben gekippt hat, hat sie keine Münze mehr gesehen oder in der Hand gehabt.

Sing noch mal!, rufen die Leute.

Die Gauklerin steigt wieder auf das Podest, stellt sich neben das Mädchen, fasst es bei der Hand und zieht es beim Verbeugen mit herab, als arbeiteten sie zusammen. Dann sagt sie, die Zuschauer sollten *der Gauklerin bringen, was sie wollen, ganz gleich was,* und wenn das Vogelmädchen noch einmal gesungen hat, jongliert sie damit.

Eine Frau hält ihren Säugling hoch. Jonglier damit!

Mach ich, in zwanzig Jahren, ruft die Gauklerin zurück.

Als das Gelächter verebbt, singt das Mädchen das Lied noch einmal. Noch mehr Menschen strömen herbei. Sie singen die Strophen mit, die sie kennen. Zum Schluss werfen sie noch mehr Geld herauf.

Sing uns noch etwas!

Andere Lieder kann ich nicht.

Vorn auf dem Podest liegt der Berg der Sachen, die die Zuschauer der Gauklerin zum Jonglieren gebracht haben: ein zerbeulter Topf, ein Löffel, das abgebrochene Stück eines Sensenblatts. Lumpen, zu einem Ball verknäult, ein rostiger Schlüssel, der Henkel eines Butterfasses, ein Rad, ein Eimer. Als das Mädchen

nach dem Lied von der Plattform steigt, hebt sie das
Stück Sensenblatt auf und wiegt es in der Hand.

Ich will das hier, sagt es zu der Gauklerin. Wenn es
sonst keiner will und der Besitzer es nicht wiederha-
ben möchte.

Man braucht schon viel Geschick, um nur vier
Stücke in der Luft zu behalten, ganz zu schweigen alle,
von denen jedes eine andere Form und ein anderes
Gewicht hat, ihren Händen gänzlich neu, noch dazu
in einem allen Eigenheiten der Stücke zum Trotz stetigen Rhythmus. Ganz zu schweigen davon, dass sie
nach unten greifen und das nächste Stück nach oben
werfen muss, während die anderen über ihr weiter
bogenförmig aufsteigen oder herabsinken.

Bei dieser Gauklerin würde das Feuer in der Esse
gut brennen, denkt das Mädchen.

Ich hab die Sense für dich beiseitegetan, sagt die
Frau, den Arm um die Schulter des Mädchens gelegt,
nach ihrem Auftritt. Wir gehen was von unserem Geld
verfuttern, los, komm, Strange News. Ich trag dich.

Das sagt sie, weil das Mädchen das Lied gesungen hat.
Strange news is come to town, heißt es darin. Strange
news is carried. Strange news flies up and down. In der
Nacht schläft das Mädchen nicht bei dem Vogel. Sie
schläft in einem Pub, auf die Gauklerin gestützt, deren
Arme, Handgelenke und Hände übersät sind mit Nar-
ben und Schwielen von den scharfen Messern und von
den anderen, denen sie eine Stütze ist.

Sie ist hier wie der Vogel bei seinen Artgenossen.
Am nächsten Morgen stehen die fahrenden Spielleute in aller Frühe auf und ziehen weiter, sonst bekämen sie Scherereien.

Die Gauklerin sagt:
Komm mit und spiel mit uns den restlichen Sommer
auf den Jahrmärkten. Wenn du so singst, kriegst du
die Leute immer. Ich kenne Lieder. Ich bring dir die
Texte bei. Du würdest so viel verdienen, dass du über
den Winter kommst.

Bis Winter ist es noch lange hin. Das Mädchen
weiß, das fliegt so schnell vorbei wie Funken vom Metall. Doch als sie mit den anderen aus der Tür des Pubs
ins Licht tritt, sieht sie, dass sich in den hohen Disteln
auf der anderen Straßenseite etwas bewegt: der Vogel.

Wir haben ein neues Stück, das wir aufführen wollen, sagt die Gauklerin. Mach mit, spiel eine männ-
liche Rolle. Du könntest auch ein Mädchen spielen,
das über der Ermordung seines Vaters den Verstand
verliert, Leuten verschiedene Kräuter gibt und ihnen
sagt, wofür die gut sind.

Und wie geht es weiter?, sagt das Mädchen.

Dann geht sie ins Wasser, sagt die Gauklerin.

Das Mädchen lacht.

Das bin ich nicht, sagt sie.

Du kannst es sein und trotzdem du bleiben, sagt die
Gauklerin. Wir bringen es dir bei.

Das Mädchen verspricht, sie später auf ihrer Tournee zu besuchen. Winkt ihnen nach, als der Weg eine Kurve macht. Geht aber, kaum hat sie sich abgewendet, ihren eigenen Weg.

Sie will die Sense reparieren. Dann ist sie viel mehr wert, und sie kann sie verkaufen.

Dann geht sie den Vogel suchen und versteckt die Münzen, die sie heute verdient hat, zusammen mit denen von gestern für den Winter. Dann zurück ins Heidemoor, wo der Vogel sein muss.

Sie fragt eine Frau, die Wäsche an einem Stein ausschlägt, in welcher Richtung man die Schmiede findet.

Wandert bis an den Rand der Stadt, obwohl man keinen Rauch sieht.

Die Schmiede ist nicht einmal erleuchtet.

Sechs ist lange vorbei!

Ergo kriecht sie an der Rückseite des Hauses durch ein Fenster, es ist schmal, aber sie ist schmaler, und zündet mit Moos, Stöckchen und ihren Feuersteinen die Esse an. Sucht die Stellen ab, an denen dieser Schmied seine Metallreste aufbewahren könnte. Schaut sie durch. Ihre Hände sind froh, wieder in der Hitze zu sein, und tun ihre Arbeit, ohne dass sie sie dazu auffordern muss.

Aufgebracht! kommt er zur Mittagsstunde angerannt, sie hört ihn durch ihre Hammermusik hindurch. Stürmt zur Tür herein, ein Stück Eisen in der hoch erhobenen Hand, um es auf einem Dieb und Eindringling niedergehen zu lassen.

Da sieht er sie.

Ein kleines Mädchen.

Er stutzt.

Nimmt ihr das Sensenblatt, an dem sie arbeitet, aus der Hand. Begutachtet die Stelle, an der alte und frisch geschmiedete Klinge zusammentreffen. Sieht wieder sie an.

Bist du die Pferdeheilerin?, sagt er. Von den Shaklocks?

Was, wenn ja?, sagt sie.

Es hat geheißen, du wärst tot, sagt er.

Bin ich nicht, sagt sie. Ich führe ein glückliches Landstreicherleben, muss allerdings manchmal hungern und frieren.

Sie sieht ihm am Gesicht an, dass die Auskunft ihm nicht gefällt. Nicht jeder Schmied ist ein Shaklock.

Vielleicht hat er ihretwegen Pferde an die Shaklocks verloren.

Zu bekannt ist mancherorts schlimmer als unbekannt. Jetzt werden sie in ihrer Stadt Wind davon bekommen, dass sie noch lebt, und die Männer, die dachten, sie hätten sie getötet, werden es noch mal versuchen wollen.

Der Schmied befiehlt ihr, seine Schürze abzubinden. Die Hand auf ihrer Schulter, führt er sie zur Tür eines großen Hauses im Stadtinnern. Sie warten, während die Schlösser der Reihe nach von oben bis unten aufgesperrt werden.

Du bist bei den fahrenden Spielleuten, sagt der Zunftvorsteher. Du hast Strange News gesungen.

Er sieht ausgezehrt aus, als wäre er betrunken und hätte bis eben noch geschlafen.

Dann erkennt das Mädchen ihn vom Jahrmarkt wieder.

Er ist der Mann, der ihr eine kleine Münze gab und wollte, dass sie Unzucht mit ihm trieb.

Sie hatte auf die Münze in ihrer Hand geschaut und die andere Hand ausgestreckt, als wolle sie seine Hand nehmen. Als er ihr seine Hand hinhielt, hatte sie sie genommen, die Handfläche nach oben gedreht und die Münze, die er ihr gegeben hatte, hineingelegt. Hatte seine Finger darum geschlossen und gesagt, sie sei nicht käuflich.

Dann scher dich zum Teufel, hatte der Mann (der Zunftvorsteher, wie sie jetzt weiß) gesagt. Ich treibe lieber Unzucht mit irgendwem oder irgendwas in der Hölle als mit dir, hatte sie gesagt, und die Gauklerin und ihre Freunde hatten einen Kreis um sie gebildet und ihn ausgelacht.

Es stellt sich heraus, sagt der Zunftvorsteher nun über den Kopf des Mädchens hinweg zu dem Schmied, dass die Landstreicher, mit denen dieses Mädchen umherzieht, wegen verschiedener Vorfälle von Aufwiegelung gesucht werden.

Es stellt sich heraus, dass sie zu Unruhe und Gewalt anstiften und den Leuten einreden, das Armengesetz wäre ein Gesetz, mit dem Menschen arm gehalten werden sollen. Fast wäre es auf dem Marktplatz zu Tumulten gekommen, als Bauernknechte über die ihnen gezahlten Löhne murrten, zumindest der Teil der Knechte, der nicht betrunken genug war oder nicht genug gehurt hat, wer genug hurt oder genug trinkt, schert sich darum ja weniger.

Genug hurt.

Das Mädchen weiß, sie ist in der Klemme.

Sie gehört zu dem fahrenden Volk, sagt der Zunftvorsteher.

Nein, sie ist keine Landstreicherin, sagt der Schmied. Sie ist als Bruder ausgebildet. Sie kennt das Handwerk.

Ich gehöre nicht zum fahrenden Volk, sagt sie. Ich bin ihnen gestern begegnet, durch Zufall, und sie waren freundlich zu mir. Und ich kann euch beiden wortwörtlich wiedergeben, was der Geschichtenerzähler gestern Abend gesagt hat.

Wortwörtlich, so ein Wort erwarten sie von ihr nicht. Sie starren sie entgeistert an.

Und wie gut und überzeugend dazu, sagt sie, und wie erbost die Leute heute darüber sein werden, deren Macht durch die von ihm ausgesprochenen Wahrheiten infrage gestellt wird.

Der Mann, den sie als redegewandt beschreibt, der Freund der Gauklerin, der Geschichtenerzähler bei den Spielleuten, trug noch die Frauenkleider, in denen er auf dem Jahrmarkt in der Rolle der Frau aufgetreten war, die einen Fluss überquert, weil sie die Seele eines toten Kindes, das dort begraben sein soll, wieder zum Leben erwecken will. In der Geschichte sucht eine Frau nach ihrem gestorbenen Kind. Sie will es unbedingt finden, zieht von einem Ende des Landes bis zum anderen und erweckt die Seelen aller toten Kinder wieder zum Leben, um zu schauen, ob eine davon ihr Sohn ist. Sie hat ihn noch nicht gefunden und ist vor vergeblicher Suche dem Wahnsinn nahe. Die Seelen der Kinder aber schwingen sich, wenn sie sie zum Leben erweckt, in den Himmel auf und schreien ihr Dankeschön herab wie Vögel.

Der Mann auf dem Podest wurde zur Frau, als er mit einem Stock auf flachgehämmerte Bronze schlug. Die Seele des Kindes erhebt sich beim Klang der Schläge. Die Frau setzt in einem Boot mit dem Fährmann und einem heiligen Mann, die beide befürchten, die Frau sei verrückt, über einen Fluss zu einer Stelle über, an der ein Kind unter der Erde liegt. Dieses Mal ist es ihr Sohn.

Es bringt sie fast um, als er tot aus der Erde steigt.

Doch das ist nicht alles, der Sohn steigt höher und höher auf in die Luft und schwebt dort wie eine Sonne über allem.

Die Leute auf dem Jahrmarkt gerieten ganz aus dem Häuschen bei dieser Geschichte. Sie hatten im Pestjahr viel verloren. Zum Schluss weinten sie, trampelten mit den Füßen. Sie folgten den Spielleuten zum Pub, so gefesselt von der Geschichte, als hätte etwas sie alle zu einem Leib zusammengeschweißt.

Im Pub stieg der Geschichtenerzähler, noch in den Frauenkleidern, auf einen Tisch und richtete Worte an die Anwesenden, die so natürlich aus ihm herausströmten wie Wasser aus einer Quelle. Euer mickriger Lohn ist gewollt, damit ihr durch Arbeit nicht vorankommt. Für manche zahlt es sich aus, wenn andere hungern. Ihr macht dadurch sie reich. Doch was, wenn ihr die Arbeit verweigertet, damit die Leute, für die ihr schuftet, den Wert von Arbeit begreifen? Und warum ist es ein Verbrechen, wenn ihr oder ich von Ort zu Ort ziehen wollen? Und warum ist es ein Verbrechen, nichts zu besitzen? Das sind keine Verbrechen, sagte er, und das ist keine Geschichte, in der wir frei leben können.

Jetzt, tags darauf, schaut der Schmied in der Diele des Zunftvorstehers auf seine Füße, und der Zunftvorsteher schaut auf das Mädchen und zählt über ihren Kopf hinweg die Vergehen auf, für die sie gebrandmarkt werden kann.

Aufwiegelung. Gaunerei. Landstreicherei. Störung der öffentlichen Ordnung.

Aber, schau, sagt der Schmied.

Er geht zu dem Tisch, auf dem der Diener des Zunftvorstehers die Habe des Mädchens ausgebreitet hat, ihr Werkzeug, ihr Geld. Er hebt das Sensenblatt hoch, hält es dem Zunftvorsteher hin, weist auf die reparierten

Stellen. Der tritt zum Tisch und wühlt in den Sachen des Mädchens herum. Er hebt den Hammer hoch, wiegt ihn und hält ihn, die Feuerzange und die Feuersteine dem Schmied hin, so als solle der Schmied sie selbst in die Hand nehmen. Der tut es, hält die Sachen des Mädchens in den Händen und betrachtet sie, als wüsste er nicht, was er damit soll.

Der Zunftvorsteher greift nach dem ausgebesserten Sensenblatt, legt es hinter den Holzstapel neben dem Feuer. Das behält er.

Das Geld, stellt das Mädchen nun fest, ist auch vom Tisch verschwunden.

Es ist ihr gleichgültig. Sie kennt andere Welten.

Das Werkzeug hat sie dir gestohlen, sagte der Zunftvorsteher. Eine Diebin ist sie also auch noch.

Nein, sagt der Schmied. Es ist ihr Werkzeug. Es gehört ihr.

Jetzt ist es dein, sagt der Zunftvorsteher zu ihm.

Der Schmied legt die Gegenstände in seinen Händen auf den Boden. Tritt einen Schritt zurück.

Nimm nur, sagt der Zunftvorsteher.

Tu es, sagt das Mädchen. Jemand sollte einen Nutzen davon haben.

Der Schmied wirft dem Mädchen einen beschämten Blick zu. Sie schüttelt kaum merklich den Kopf.

Es gibt Schlimmeres.

Der Zunftvorsteher sperrt sie für drei Tage in den Keller. Wagt aber nicht, sie anzurühren.

Gut.

Nach drei Tagen im Dunkeln heißt er seinen Knecht, sie auf einen offenen Karren zu werfen und die vielen Meilen an ihren alten Wohnort zurückzubringen, damit man sich dort mit ihr befasst. So will es das Gesetz. Hier schauen viele verblüfft, dass sie noch lebt, als sie, mit Stricken gebunden hinten auf dem Karren sitzend, durch die Straßen gefahren wird. Sie sollte doch tot sein.

Man sagt, sie sei ein auferstandenes heiliges Rächerkind.

Das kann für sie so oder so ausgehen.

Außerdem spricht sie für eine Frau zu viel. Sie ist in den Gebräuchen von Männern bewandert, und das ist verheerend. Sie sät Zwietracht. Gerüchten zufolge geht sie mit einem Vogel auf der Schulter umher, was teuflischem Unsinn Vorschub leistet.

Doch solange sie im Hinterzimmer der Bäckerei eingesperrt ist, wo man diejenigen festhält, die auf ihr Urteil und seine Verkündung warten, bringt die Tochter des Bäckers ihr viel zu essen. Andere bringen Geschenke für sie und schieben sie namenlos durch den Spalt unter der abgesperrten Tür. Das Schloss zu knacken wäre käseleicht. Aber wozu sollte das gut sein? Blumen, immer eine, kommen durch den Spalt unter der Tür. Wollsachen, zum Anziehen und Decken, flachgedrückt und mit gutem Zureden dazu gebracht, dass es durchgeht.

Sie könnten sie auch blenden, wenn ihnen danach ist, indem sie ihr ein heißes Brenneisen vor die Augen halten.

Die Frau da, denkt sie, als sie durch die Menge zum Urteilsspruch geführt wird, ihrem Mann habe ich mit meinen Händen die Schmerzen aus dem Rücken gehämmert, als sie mit ihm in die Schmiede kam. Und denen dort drüben habe ich auch geholfen, als ihr Sohn die kranken Beine hatte, ein halbes Jahr lang habe ich ihm kühlendes Wasser gebracht, und schau, jetzt ist er fast genauso groß wie ich und sieht sehr kräftig aus.

Sie kennt den Huf jedes einzelnen Pferds, erkennt die Pferde vom Sehen, noch heute. Die Männer in der Schmiede der Shaklocks sind jetzt vielleicht nicht die größten Könner bei den Hufen der Pferde dieser Leute.

Sie ist ein Gewinn für die Stadt; dahin.

Das kann für sie so oder so ausgehen.

Dann verlesen sie das Urteil:

Sie soll, Gott sei Dank, keinem Hexenprozess unterworfen werden. Man wird sie also auch nicht hängen oder an den Pfahl binden und verbrennen.

Sie soll nicht auf die Tabakfelder geschickt werden.

Dem Heiligen Eligius sei Dank.

Sie wird nur für einen Tag und eine Nacht in den Stock gespannt, das ist alles.

Misshandelt wird sie im Stock von niemandem, nicht einmal von Betrunkenen. Die Leute wollen ein auferstandenes heiliges Rächerkind nicht erzürnen.

Dann wird sie auf die Beine gestellt und tags darauf, einem Markttag, noch vor Mittag vor die Menge geführt, wo man ihr die Hände mit schmalen Eisenbändern fesselt, die Ann Shaklocks geschmiedet hat, und wo der Sohn des Zunftvorstehers ihr mit einem Eisen, das sie selbst geschmiedet hat, wie sie auf den ersten Blick erkennt, ein V auf das Schlüsselbein brennt.

Der Sohn der Zunftvorstehers schaut finster, als er das Eisen aufsetzt.

In der Menge kehren sich in diesem Moment viele Frauen ab, ein Zeichen öffentlichen Widerspruchs.

Der Jubel und das Johlen, von dem solche Belustigungen üblicherweise begleitet werden, sie bleiben aus.

Der sichtbare Dissens bedeutet, wie sie weiß, sie sollte nun so schnell wie möglich von hier verschwinden, weil man sonst bestimmt ihr die Schuld für etwas geben wird, woran sie keine Schuld hat, damit sie das Ganze, bloß zum Spaß, noch einmal wiederholen können, aus Rache dafür, dass der Genuss beim ersten Mal schal geblieben oder dass ihnen nicht wohl dabei gewesen ist.

Als sie ihr die Hände losbinden, geht sie mit der Brandwunde schnurstracks zum Brunnen. Doch es tut so weh, dass sie sich nicht vornüberbeugen und Wasser hochziehen kann.

234

Drei Mädchen drängen sich durch die Menge, um ihr zu helfen. Sie legt sich flach auf die Erde und sagt ihnen, was sie tun sollen. Eine zieht den Eimer herauf und gießt Wasser in die Kannen. Während die anderen das Wasser auf die Wunde gießen, zieht die erste noch mehr Wasser herauf und befüllt die leeren Kannen neu. Eines der Mädchen ist Christine Gross.

Das ist meine Cousine, sagt Christine Gross und zeigt auf das Mädchen, das sich fast mit dem ganzen Körper über den Brunnenrand beugt und den Eimer hinablässt. Und das ist meine Schwester.

Christine Gross und ihre Schwester sitzen mit ihr noch auf der nassen Erde in dem vergossenen Wasser und schütten weiter Wasser auf die Wunde, als die Leute bereits nach Hause gehen und die Männer des Zunftvorstehers sie fortscheuchen. Sie gehen zum Hof der Grosses, doch für Christines Vater ist sie eine Hexe und darf nicht ins Haus.

Christine Gross bringt sie stattdessen zum Stall, wo die Pferde sie kennen und ihr zunicken, das gehört sich auch, hat sie doch fast ihr halbes Leben lang mitgeholfen, sie alle Jahre neu zu beschlagen. Christine Gross schneidet die Zwiebeln und legt die Scheiben auf die verbrannte Stelle. Sie, ihre Schwester und ihre Cousine sitzen mit dem Mädchen unter dem Bauch des grauen Pferdes Thunderclap und bringen ihr, bis sie ins Haus gerufen werden, ein Lied über den Brand bei, der einmal, fast zwanzig Jahre ist das her, lange bevor eine von ihnen auf der Welt war, die Stadt in Schutt und Asche legte.

Sie geht, sobald es hell wird. Am Hoftor findet sie einen Lumpen, darin eingewickelt zwei Pasteten und sieben Äpfel, für sie als Wegzehrung bereitgelegt.

Als sie weit genug von der Straße entfernt ist, erscheint der Vogel, kommt, die Flügel weit ausgebreitet, stumm, zwischen Himmel und Ernte auf sie zugeflogen.

Allerdings steht der **Wolf** an der **Tür.** Es wird Herbst, und er hat den Winter schon in den Armen. Eines Abends wartet sie in der Dämmerung darauf, dass der neue Schmied bei den Shaklocks das Feuer in der Esse abdeckt und durch den Hof zu dem alten Haus geht, in dem Ann Shaklock ihr die Legenden vom Heiligen Eligius und von Vulcan erzählt und Jack Shaklock ihr das Lied beigebracht hat.

Als der neue Schmied sie dort in den Schatten erspäht, weicht die Farbe aus seinem Gesicht, und er nimmt Reißaus wie ein Kaninchen, rennt bis zum Ende der Straße.

Gut.

Tags darauf wandert sie in die Stadt, in der sie auf dem Jahrmarkt das Lied gesungen hat. Die Schmiede ist eins der ersten Häuser, zu denen sie kommt. Abseits der Straße wartet sie, bis dieser Schmied das Feuer in der Esse abdeckt.

Als er ins Freie tritt und sie draußen erblickt, zeigt er ihr durch eine Gebärde, dass er sie gesehen hat. Er macht kehrt, sperrt die Schmiede noch mal auf, geht hinein und schließt die Tür hinter sich. Als er wieder herauskommt, hat er Gegenstände auf den Armen.

Er kommt über die Straße zu ihr herüber. Gibt ihr den Hammer, die Feuerzange und die Feuersteine zurück.

Willst du Arbeit?, sagt er.

Nein, sagt sie. Danke.

Ich nehm dich an, sagt er.

Ist nett, sagt sie. Nein, danke.

In der Not kannst du jederzeit hier arbeiten, sagt er. Solange ich hier bin, bist du willkommen.

Nein, sagt sie. Danke.

Sie tritt von der Straßenseite zwischen die Bäume zurück.

Sie ist jetzt so frei wie der Vogel.

Sie kann gehen, wohin sie will, solange sie es durchsteht.

Sie hat jetzt auch ein neues Lied, das sie singen kann, das über die brennende Stadt.

Es ist bloß ein Lied, aber eins darüber, was ein Feuer anrichten kann und was welchen Wert hat, wenn Feuer etwas verschlingt und in Asche legt, und sie singt es, als wäre sie selbst genau das, Feuer, das sie schürt, bis es glüht und erlischt.

Wie weiter?

Macht sie sich auf die Suche nach den Gauklern?

Macht sie sich auf den Weg zu den Ortschaften, wo dieses Jahr noch keine Märkte stattgefunden haben und wo sie die Spielleute findet, die auf den Plätzen oder den Festwiesen ihre Kunststücke im Tausch für

Geld, Essen, eine Nacht im Warmen vor Zuschauern aufführen?

Geben sie ihr eine Rolle in dem Stück, von der sie gesprochen haben?

Das arme verrückte Mädchen, zugrunde gerichtet von Rache und Verlust?

Der junge Mann, entflammt davon, was er nicht ändern kann und womit er leben oder sterben muss?

Wenn sie auf dem Podest mit dem Schwert gegen die Schurken kämpft, gerät die Menge auf dem Jahrmarkt da ganz aus dem Häuschen vor Entzücken über die gute Fechterin?

Wahrscheinlich, denn sie hat die Werkzeuge ihres Berufs immer geführt wie Extra-Hände, die sie zu ihren schon geschickten Händen dazubekommen hat, und weiß nun, wozu ein langer, sehr kräftiger Schnabel einem schmalgliedrigen Vogel nützt und ihn befähigt.

Folgt der Vogel ihr in den Sommermonaten, wenn sie mehr unter Menschen ist, in sicherem Abstand noch immer? Oder fliegt er schließlich vergnügt davon zu den anderen Vögeln?

Verlässt sie die Welt der Menschen in den kälteren Monaten und geht zu einem Strand, auf dem sich Artgenossen ihres Vogels eingefunden haben, hält Ausschau, ob einer darunter ist, der den Kopf hebt, ihn nach hinten dreht, aus der Gemeinschaft heraustritt und furchtlos auf sie zukommt?

Ich verrate Ihnen nicht, was aus dem Mädchen schließlich geworden ist, nur dass sie den Weg aller Mädchen ging.

Dasselbe mit dem Vogel, nur dass er zuletzt den Weg aller Vögel ging.

Falls all das sich überhaupt zugetragen hat, falls einer von beiden überhaupt existiert hat.

So oder so, beide sind hier.

Nun einen kurzen Abstecher zurück ins Irland der Dreißigerjahre:

Das Kind, das meine Mutter werden wird, ist endlich am Haus des Arztes angekommen. Es klopft an der schweren, geschlossenen Tür.

Jemand öffnet auf der anderen Seite, Tür um Tür, und öffnet zuletzt die äußere Tür.

Es ist eine Haushälterin.

Sie blickt von der obersten Stufe auf meine Mutter hinab, die von einem Bein aufs andere tritt.

Was willst du?

Wir brauchen den Doktor für meine Schwester, bitte.

Hast du Geld?

Ich hab kein Geld.

Die Haushälterin teilt ihr mit, der Doktor esse zu Abend und dürfe nicht gestört werden. Sie sagt, sie wolle dem Doktor die Nachricht übermitteln.

Als meine Mutter nach Hause kommt, ist ihre Schwester gestorben.

Der Doktor erscheint tags darauf am späten Nachmittag. Er sagt zur Mutter und zum Vater meiner Mutter, wenn sie jemandem verraten, dass er sich nicht sofort um ihre Tochter gekümmert hat, wird er sie den Behörden als Rebellen melden.

Zwei Tage später trifft die Rechnung für den Arztbesuch bei ihnen ein.

**Es ist mein Vater, der mir dieses letzte Stück der
Geschichte erzählt.**
Das kannte ich bis jetzt nicht.
Er erzählt es stockend, stückchenweise und als hätte
er darauf gewartet.
Ich bin am Handy, halte es hoch, besuche ihn virtuell aus seiner Küche im Krankenhaus. Zuerst spricht
eine Ärztin mit Maske und Plastikvisier mit mir. Über
den Berg sei er noch nicht, sagt sie, es sehe aber schon
viel besser aus. Ich danke ihr. Dann stellt Viola, auch
mit Maske und Gesichtsvisier, das iPad des Krankenhauses vor ihm aufs Bett. Ich danke ihr. Ich danke
ihnen für alles, weil es von Anfang bis Ende ein reines
Wunder ist.

Jetzt spricht er durch eine Maske ins iPad zu mir
über eine Vergangenheit, die mir ganz nahe ist, ohne
dass ich davon wusste.

Waren sie denn Rebellen?, frage ich ihn, als er mit
dem Erzählen fertig ist.

Waren –?, sagt er.

Er schließt die Augen, verdreht sie. Fragen überfordern ihn noch.

Ich zucke selbst zusammen über meine Blödheit.

Nehme das Handy und zeige ihm stattdessen den Hund in seinem Korb.

Möchte unbedingt raus, sage ich. Ich geh mit ihm eine Runde, sobald ich kann.

Bist immer noch bei mir, sagt er. Gut. Mach es dir gemütlich.

So haben wir unser Gespräch vor ein paar Minuten begonnen, ich, indem ich ihm den Hund an seinem Schlafplatz gezeigt habe, der Hund, der ihn hört und aufhorcht, verständnislos aufs Handy schaut, er, der sagt, bist immer noch bei mir, das ist schön, ich, die ihm von den Überraschungsgästen bei mir zu Hause erzählt, und er, der sagt:

Ich Gast im Krankenhaus. Du Gäste im Haus. Bleib bei mir. Mach es dir gemütlich. Dosen in der Garage. Thunfisch, Bohnen, Mais. Nimm dir. Speck. Suppe und Hackfleisch. Tiefkühltruhe. Spül das Geschirr. Mach es ordentlich. Sieh nach, ob es sauber ist. Wisch Staub. Geschirrschrank. Mach es nebenher.

Ich versprach, alle Oberflächen sauber abzuwischen, und sagte, ich würde ihn besuchen kommen, sobald ich sicher wüsste, dass ich negativ bin, und er sagte:

Negativ. Isoliert. Ja. Meine Schuld. Ich war's. Nicht deine Mutter. Der falsche Mann. Zur falschen Zeit. Hoffnungslos. Meine Schuld.

Red keinen Unsinn, sagte ich.

Wir hatten keine Wahl, sagte er. Vor allem deine Mutter. Sie hatte keine Wahl.

Da erzählte er mir in abgehackten Sätzen die Geschichte über meine Mutter und den Arzt.

Jetzt guckt er mit zusammengekniffenen Augen zu der Stelle, wo ich auf seinem Bildschirm bin, was darauf hinausläuft, dass er nach unten und seitlich an mir vorbei sieht statt mich an, schüttelt den Kopf und sagt:

Ins Narrenkästchen geguckt.

Jetzt bist du wieder da, sage ich.

Ich hab geträumt, du wärst hier, sagt er. Du hast mir Wörter gesagt.

Das stimmt. Ich war da. Das war kein Traum, sage ich.

Dann war ich auf einem Vogel, sagt er. Oder war es ein Wort. Hab mich richtig daran festgeklammert. Hände um seinen Hals. Als hinge mein Leben davon ab! Über Bäume sind wir geflogen, hoch. Ach, wunderbar. Ich konnte die Dächer sehen von, von. Du weißt schon. Häusern, die ich gemacht habe. Ich hab sie von oben gesehen.

Jetzt erscheint auch Viola auf dem Bildschirm meines Handys.

Noch zwei Minuten, Mr Gray, sagt sie. Noch zwei Minuten, Sand.

Sag's mir, sagt mein Vater.

Was soll ich dir sagen?, sage ich.

Wieder schaut er so konsterniert. Es schmerzt mich in der Brust, das zu sehen. Deshalb erzähle ich ihm von dem schönen Wetter und davon, dass alle sich benehmen, als hätte es nie einen Lockdown gegeben, davon, dass ich neulich an einem der bisher sonnigsten Tage ein bisschen herumgefahren und am Park vorbeigekommen bin, der voller Menschen war, wie er es wäre, wenn es das Virus nie gegeben hätte, und dass ich, als ich am Co-op vorbeikam, auf dem Gehweg eine junge Frau gesehen hab, die so schnell aus dem Supermarkt gerannt kam, in einem so dünnen knappen Oberteil, dass es eine ihrer Brüste nicht in ihren Sachen hielt und sie beim Rennen auf und ab hüpfte, die Frau rannte wie eine Amazone, ganz aus dem Häuschen vor Freude und hatte eine Weinflasche in jeder Hand, ein Wachmann hinter ihr her, aber zu weit dahinter, als dass er sie hätte einholen können, der rannte auch wie verrückt.

Mein Vater bellt so unvermittelt los vor Lachen, dass Viola angelaufen kommt und nachsieht, ob er okay ist.

Ich komm dich besuchen, sobald ich weiß, dass ich nichts habe, sage ich zu ihm.

Er nickt unter seiner Maske, dann winkt Viola. Der Bildschirm friert auf ihrer winkenden Hand ein, und daneben sehen seine Augen nach unten, als sähe er gar nicht mich an, dabei sieht er mich an, so gut es eben geht.

So geht es weiter:

Der Hund meines Vaters setzt sich, seit wir in sein Haus umgezogen sind, jeden Morgen Punkt 8:35 vor die Haustür, legt winselnd eine Pfote auf die alte zerkratzte Stelle und kratzt noch mehr von der Lackschicht auf die Fußmatte.

Als er sich heute Morgen dort hinsetzt, schnappe ich mir die Leine und öffne die Tür.

Er springt hinaus und wartet am Gartentor auf mich. Dann springt er zu meinem im Halteverbot geparkten Auto, er weiß, welches es ist. Setzt sich wartend davor auf den Bürgersteig.

Jedes Mal, wenn ich an einer Kreuzung falsch abbiege, linksherum fahre, wenn ich rechtsherum soll, oder rechtsherum, wenn ich nach links abbiegen soll, bellt er so lange, bis ich mit dem Auto wende und so fahre, wie er es will. Ich achte schon darauf, zu welcher Seite er den Kopf dreht und wie er das Ohr abknickt, um daraus abzuleiten, in welche Richtung ich abbiegen soll. Kommen wir zu der Straße am Fluss, schnauft er, stellt sich auf den Beifahrersitz und wedelt mit dem Schwanz. Zeit anzuhalten.

Ich lege ihm die Leine an und lasse ihn hinaus.

Er zieht mich zum Gemeindepark.

Auf den Viehrost am Tor zwischen Straße und Park tritt er mit vorsichtig gesetzten Pfoten, damit er nicht durch die Gitterstäbe rutscht. Dann hockt er sich auf den Weg und sieht mich an, und ich weiß, ich soll ihn von der Leine lassen.

Ein Hund freut sich und rennt über den Rasen.

Ich selbst gehe den Weg unter den Bäumen entlang, die schon alle ausgeschlagen sind. Die Farbigkeit der Dinge trifft mich wie etwas, woran es mir gefehlt hat. Der Fluss, nahebei lehmgrau, weiter hinten himmelblau, wird breiter und schlängelt sich dahin wie Zuspruch, wie etwas, das seinen eigenen Weg geht, einen freien Weg, erhellt von dem Licht, das er einfängt und aus sich heraus zurückwirft.

Wie kann es sein, dass ich seit Jahrzehnten hier lebe und noch nie hier gewesen bin und das gesehen habe? Durch einen Aushilfsjob, den ich vor Jahren hatte, als ich Urlaubsvertretung für jemanden aus der Stadtverwaltung gemacht und gesehen habe, wie viele Firmen allein in meinen zwei Wochen dort den Antrag stellten, diese Grünanlage mit Häusern und Wohnungen zu überziehen, weiß ich auch, dass dieses Gelände die städtische Pestgrube ist, in der man vor sieben-, sechs-, fünfhundert Jahren die Toten in Massengräbern bestattet hat.

Heute stehen wir hier auf der Oberfläche der Dinge.

Eine Kirchenglocke zeigt den Abstand an.

Ich bleibe stehen und lese das Schild mit der Warnung vor dem städtischen Abwasserüberlauf.

Schwäne, in Hülle und Fülle, überall; zwei gleiten auf dem Wasser vorüber, in ihrer Obhut sechs Schwanenküken. Weiter hinten schwimmen noch zwei im Fluss und halten, was *ist* das?, dunkel im Vergleich mit den weißen Schwanzfedern? ein Fuß?, halten jeder einen Fuß aus dem Wasser, wärmen sie sich die Füße in der Sonne? Ein Mann mit einem breitkrempigen Hut sitzt auf einer Bank und spielt Akkorde auf einer Gitarre. Ein Schwan steht auf der anderen Seite am Wegesrand und sieht und hört dem Gitarrenspieler zu.

Holzrauch steigt aus dem Schornstein eines Flussschiffs auf. Zu meiner eigenen Überraschung bereitet der Geruch mir Vergnügen. Ein Stück hinter der Bank angelt ein Mann in einer Lücke zwischen den Booten. Und noch ein Stück weiter steht ein Graureiher, als begleite er ihn, wolle aber nicht stören, und beobachtet die Stelle, an der die Angelrute des Mannes ins Wasser eintaucht. Keckernde Elstern sind da. Kühe sind da, Moorhühner, schreiende Möwen. Leute sind da, die Hunde ausführen, Spaziergänger, die auf dem asphaltierten Weg gehen oder der Nase nach über die Wiese. Eine Schaukel hängt an einem Baum, um dessen Stamm sich eine kahle Stelle windet, getrampelt von allen, die hier geschaukelt haben. Ringsum grasen Kühe in der Anlage. Sie blicken alle in dieselbe Richtung. Tierischer Magnetismus. Sie zockeln vor

den Radfahrern, vor den Joggern über den Asphalt;
ihre Augen sind groß, sanft, auf Misstrauen eingestellt,
ihr Gemütszustand changiert zwischen stur und mut-
willig, und ihre Massigkeit ist, von Nahem gesehen,
eine Pracht.

Der Hund meines Vaters bellt über die Wiese herüber, springt an jemandem auf einem Fahrrad hoch
und kommt nun zu mir zurückgerannt. Sein Gebell
klingt wie ein keckes hohes Jaulen. Die Frau auf dem
Rad fährt neben dem Hund her und kommt auch auf
mich zu.

Sie ist jung und fröhlich, es ist die junge Frau, zu der
mein Vater Hallo sagt, wenn er mit dem Hund Gassi
geht.

Sie bleibt im richtigen Abstand stehen. Steigt nicht
vom Rad ab, bleibt sitzen, stützt sich nur mit einem
Fuß aufs Gras.

Führen Sie Shep aus?, sagt sie.

Ja.

Wo ist Sheps Herrchen, ich meine, der ihn sonst
ausführt? Geht es ihm gut?

Das ist mein Vater, sage ich. Er liegt im Krankenhaus. Nicht das Virus.

Gott sei Dank, sagt sie. Aber, oh nein. Geht es, geht
es ihm gut?

Noch nicht über den Berg, sage ich. Unter Beobachtung.

Dann füge ich hinzu:

Herzprobleme. Aber es geht ihm schon viel besser als zu Anfang.

Ich habe mir Sorgen gemacht, sagt sie. Die meisten Tage halte ich Ausschau nach Shep, er rennt immer hinter meinem Rad her, wenn ich vorbeifahre, zum Spaß, meine ich, wir lachen immer darüber, ich mag es, wenn ein Hund lacht, und ich hab mir Sorgen gemacht, weil ich Shep und Ihren Vater nicht mehr gesehen habe, schon seit Wochen nicht, und sonst sehe ich sie immer, sogar an den Tagen, an denen das Wetter richtig schlecht ist, wir rufen uns immer einen Gruß zu.

Ja, sage ich.

Würden Sie ihm die besten Wünsche von mir ausrichten?, sagt sie.

Natürlich, mach ich, sage ich. Vielen Dank.

Sie dreht das Vorderrad in Richtung des Wegs stadtauswärts. Ruft im Davonfahren über die Schulter:

Sagen Sie ihm Hallo von mir.

Mach ich, sage ich.

Sie schießt los, schwalbenflink.

Doch dann bremst sie, hält an, stellt den Fuß noch einmal als Stütze auf den Weg, dreht den Kopf zurück und ruft mir über die Köpfe der anderen Leute, die im Gemeindepark spazieren gehen, noch etwas zu.

Und Ihnen auch, sagt sie. Schön, Sie kennenzulernen. Hallo.

Ich rufe es zurück.

Hallo.

Dank

Größter Dank gebührt dem NHS und
allen, die für ihn arbeiten.
Wir können uns glücklich schätzen, ihn zu haben,
das ist uns jetzt auch allen bewusst;
und jeder, der gegen ihn vorgehen oder ihm am
Zeug flicken will, fügt uns allen enormen Schaden
zu.

Zahlreiche Text- und Online-Quellen waren hilfreich
beim Schreiben dieses Buchs,
insbesondere Texte von David L. MacDougall
und Marcia Evans.

Danke, Simon.
Danke, Anna.
Danke, Lesley B.
Danke, Lesley L., Sarah C., Ellie,
Hannah und Hermione
und allen bei Hamish Hamilton und Penguin.

Danke, Andrew,
und danke, Tracy
und allen bei Wylie's.

Danke, Xandra, einfach immer die Beste.
Danke, Mary.

Danke, Sarah.

Die englische Originalausgabe erschien 2022 unter dem Titel
»Companion piece« bei Hamish Hamilton,
einem Imprint von Penguin Random House Ltd., London.

Sollte diese Publikation Links und Webseiten Dritter enthalten,
so übernehmen wir für deren Inhalte keine Haftung,
da wir uns diese nicht zu eigen machen, sondern lediglich auf
deren Stand zum Zeitpunkt der Erstveröffentlichung verweisen.

Penguin Random House Verlagsgruppe FSC® N001967

1. Auflage
Copyright © 2022 Ali Smith
Copyright © der deutschen Ausgabe 2023
Luchterhand Literaturverlag, München,
in der Penguin Random House Verlagsgruppe GmbH,
Neumarkter Str. 28, 81673 München
Umschlaggestaltung buxdesign / München
unter Verwendung eines Motivs von
© Undergrowth (oil on canvas) / Serusier,
Paul (1864–1927) / Bridgeman Images
Satz: Uhl + Massopust, Aalen
Druck und Einband: GGP Media GmbH, Pößneck
Alle Rechte vorbehalten.
Printed in Germany
ISBN 978-3-630-87728-0

www.luchterhand-literaturverlag.de
www.facebook.com/luchterhandverlag
www.twitter.com/luchterhandlit

Ali Smith

Sommer

Roman

384 Seiten, Luchterhand 87581
Aus dem Englischen von Silvia Morawetz

Das grandiose Finale von Ali Smiths Jahreszeitenquartett. Eine Geschichte über Menschen, denen große Veränderungen bevorstehen. Sie sind eine Familie und glauben doch, Fremde zu sein. Wo beginnt die Familie? Und was verbindet Menschen, die glauben, nichts miteinander gemein zu haben? Der Sommer.

»Smith ist mit den Romanen ihres Jahreszeitenquartetts ein spektakuläres Experiment gelungen.«
The Independent

»Eines der ambitioniertesten Literaturprojekte der Gegenwart ... Vier Bücher in vier Jahren, eines für jede Jahreszeit, und jedes für sich genommen ein Versuch, das Unbegreifliche zu begreifen.«
SPIEGEL ONLINE

www.luchterhand-verlag.de